I0831479

Wilhelm Holzamer

Erzählungen

Salzwasser

Wilhelm Holzamer

Erzählungen

1. Auflage | ISBN: 978-3-84608-679-7

Erscheinungsort: Paderborn, Deutschland

Erscheinungsjahr: 2015

Salzwasser Verlag GmbH, Paderborn.

Einleitung des Herausgebers.

»Etwas zu wollen und zu wagen ist Lebenstrieb dem deutschen Gemüt, und so sind in unseren besten Romanen die Helden Wollende und Wagende.« Mit diesem Satz Mielkes sind die Hauptfiguren in Holzamers Werken kurz und treffend charakterisiert. Wollende sind sie. Ihre ganze Kraft setzen sie darein, das Ziel zu erreichen, das sie sich gesteckt haben. Vor keinem Hindernis schrecken sie zurück. Nicht rechts noch links blicken sie. Ihr Weg ist gerade; kein Seitenpfad lockt sie. Ihre Beharrlichkeit hat bisweilen sogar etwas Eigensinniges und Verbohrtes. Sie gehen allein und begehren keine Weggenossen. Nie würden sie ablenken, ihnen die Energie rauben, den Willen schwächen, das Ziel verdunkeln. Sie kehren sich ab von den Menschen, die sich ihnen nähern wollen, und bleiben Einsame. Und Einsame haben wenig Freunde. Die sie aber besitzen, sind ihnen treu. Von ihren Feinden werden sie belächelt und bemitleidet, mehr noch verachtet und verspottet. Aber das macht sie stark, und stark müssen sie sein. Wie sollten sie sonst den Kampf aufnehmen können, zu dem sie das Leben fordert?

Ein grimmer Gegner ist das Leben für den, der ihm keine Konzessionen macht, doppelt ernst und feindlich. Und es hat Härten, an denen auch die beste Lanze zersplittert. Hohnlachend hebt es den mutigsten Gegner aus dem Sattel, dass er todwund am Boden liegt und verbluten muss. Nur die ganz Starken erheben sich wieder, unbesiegt, und dann empfangen sie von ihm den Ritterschlag und sind *seine* Kämpfer. Sie schließen einen Bund mit dem Leben. Sie werden so hart wie das Leben und so unerbittlich. Sie werden eins mit ihm. Und ihrer Umwelt sind sie dann noch mehr fremd und feindlich geworden. Diese Härte des Lebens trifft man bei Holzamer immer wieder. Es ist geradezu wie ein Suchen danach. Als ob der Held immer nach einem schweren Kampf überhaupt erst fähig wäre, seine Aufgabe zu erfüllen. Als ob er eine Kraftprobe ablegen müsste, nach deren Bestehen er auch sogleich Sieger im Kampfe für seine Idee ist. So bildet sich das Leben seine Helden im Streite mit sich selbst und weist ihnen eine Aufgabe zu, für die sie ihr Bestes einzusetzen bereit sein müssen. Nicht alle bestehen. Viele erweisen sich schwach und sinken sterbend am Wege nieder; die meisten verwachsen mit ihrer Bestimmung, ihrem Zweck und werden stark und unerbittlich; einige wenige finden sich ab mit dem Leben, geben den Kampf auf und bringen ihr Dasein hin in stiller Resignation.

Sie alle sind scharf und peinlich umrissene Gestalten, wie aus Erz gegossen. Keinen unklaren, verschwommenen Zug weisen sie auf. Mit

Vorliebe stellt Holzamer den Typus des selbstherrlichen, wert bewussten Freimenschen dar. Von Nietzsche bekennt auch er: »Kraftvoll riss er an verschlossenen Pforten und riss sie auf.« Wir wissen, wes wir uns von all den ungezählten Nachstammlern des Zarathustra-Propheten zu versehen haben. Holzamer hat nichts gemein mit ihnen. Das Leben und die Notwendigkeit, das sind auch für ihn die einzigen Gewalten, denen sich seine Starrköpfe beugen. »Was der Mensch muss, das muss er.« Aber diese Notwendigkeit ist nicht etwas Konstruiertes, sie ist auch nicht Laune des Geschicks. Ihr Gesetz, das oft wie etwas Finsterdämonisches über seinen Menschen schwebt und ihnen Tun und Denken vorschreibt, ist tief begründet, fast zu tief. Sie wissen selber nicht, warum sie sich ihm unterwerfen. Nur eins wissen sie und fühlen sie: Sie müssen es, es ist ihre Bestimmung, ihr Fatum, ihr Karma, dem sie nicht entrinnen können. Ob sie auch daran leiden, ob sie auch eine Ungerechtigkeit darin sehen. Am überzeugendsten weiß Holzamer diesen Gedanken da zum Ausdruck zu bringen, wo er sich auf die Darstellung des einfachen Geschehens beschränkt und sich nicht in Reflexionen und philosophischen oder okkultistischen Spekulationen verliert.

Aber auch jene andern, stillgewordenen Menschen erfasst Holzamer sehr tief, besonders in seinen Büchern, die uns in seine frühere Heimat, Rheinhessen und die gesegnete Bergstraße, führen. Hier sind seine Gestalten meist Leute aus dem Volke oder solche, die in und mit dem Volke leben. Leute, die das Herz auf dem richtigen Flecken haben. Keine Schemen - Menschen. Nur verkannt. Raue Schalen, hinter denen tiefe, empfindende Seelen pulsen. Und insofern sind auch sie Freimenschen: Sie verstehen alles und verzeihen alles.

Nichtsdestoweniger sind Holzamers Helden meist die Träger solcher Ideen, die durchaus keine allgemeine Gültigkeit haben. Da gilt's für den Dichter doppelte Überzeugungskraft zu besitzen. Spielhagen hat irgendwo gesagt: »Der Held ist gewissermaßen das Auge, durch welches der Autor die Welt sieht, in diesem Roman wenigstens, in diesem Stadium seiner Entwicklung wenigstens und, wenn das zu viel gesagt ist - meistens wird es nicht zu viel gesagt sein - so ist der Held doch ganz sicher der Gesichtswinkel, unter welchen uns der Autor das Stück Menschentreiben, das er aus dem Ganzen ausscheidet, gerückt hat, unter dem er wünscht, dass wir es betrachten möchten.« Der Held des Romans ist dessen versinnlichte Idee. Die Idee überzeugend zum Ausdruck zu bringen, ist Aufgabe des Dichters. Ob er dieser Aufgabe gewachsen ist, das wird immer der Maßstab für sein Können sein. Wenn es ihm gelingt, die Charakterentwicklung seines Helden, dessen Denken und Tun mit der Idee ganz in Einklang zu bringen, wird man dem Roman die Vorbedingungen zu einem Kunstwerk zuerkennen müssen. Holzamers Werke haben diesen Vorzug. Man wird nun, um den Sinn des Spielhagenschen Satzes weiter zu fassen, allgemein, wenn auch mit gewissen Einschränkungen, sagen können, die Idee des Romans ist ein Stück aus der Weltanschauung des Autors. In dem Roman gibt er eine Probe auf Bewährung oder Hinfälligkeit seiner Idee. Unter ebensolchen Verhältnissen würde er gleich seinem Helden seine ganze Kraft in den Dienst der Idee stellen, würde also sich geradeso die lebhafte Sympathie derer erzwingen, die seinem Helden zujubeln. Das gilt in erhöhtem Maße auch von unserm Dichter. Es werden nicht sehr viele sein, die ihn verstehen und auf deren Beifall er zu rechnen hat. Aber die wenigen andern werden gegen ihn umso ehrlicher sein und umso treuer zu ihm stehen. Mich hat eine kleine Erzählung, »Sein letztes Hochamt«, das erste, was ich gelegentlich von ihm las, zu seinem Freunde gemacht. Gerade die innigen Beziehungen zwischen dem Grundgedanken dieser Erzählung und dem Charakter des Helden zeigten mir deutlich, dass Holzamer ein Künstler sowohl in der Zeichnung menschlicher Charaktere als auch in der Motivierung äußerer Vorgänge sein müsse.

Vor allem ist er Psychologe. Und ein gründlicher Psychologe, manchmal fast zu dogmatisch exakt. Es bleibt nichts, das zwischen den Zeilen zu lesen wäre. Von allem Geschehen gibt er die Motive. Auch die verborgensten zieht er ans Licht, die undefinierbarsten zergliedert er, die verzwicktesten ergründet und zerlegt er. Fast nichts bleibt unklar und rätselhaft, nicht einmal die Regungen der menschlichen Psyche, die hart ans Pathologische grenzen.

Mit derselben Sicherheit und Präzision sind die äußeren Menschen gezeichnet. Nur ist Holzamer da sparsamer. Ein paar knappe Sätze, einige markante Striche, die den Leser in die Lage setzen, das Bild richtig zu ergänzen. Dabei lässt er's bewenden. Ein umständliches Porträt entwirft er nicht. Nur in der »Sturmfrau« erinnere ich mich, einer längeren Schilderung begegnet zu sein, die in ihrer Anschaulichkeit aber nichts Ermüdendes und Überflüssiges aufweist. Sie mag hier stehen: »Sein Kopf war mir aufgefallen. Ein bedeutender Kopf? Ja, wer könnte sagen, was einen Kopf gerade ›bedeutend‹ macht! Ein sprechender Kopf! Das ist jedenfalls richtiger. Das Gesicht ziemlich lang, ein kurzer Spitzbart, eine grobe Nase, ein breiter, unterstreichender Mund. Eine gewölbte, scharf ausgearbeitete Stirn von kaum angegrautem, hochstehendem Haar in schöner Linie abgeschlossen. Schön! – ja, aber vielleicht war nichts eigentlich schön in diesem Gesicht. Die Form des ganzen Kopfes hatte etwas Vornehmes, auch die Stirn; das Übrige war grob, rustikal. Aber es war doch keine Disharmonie. Es war nur ein besonderer Ausdruck dadurch geschaffen, eine Mischung von Härte und Weichheit, von Schmermut und Energie, von Kindlichkeit sogar und Männlichkeit. Ein Kopf, wie man ihn in Irrenhäusern wohl häufiger sieht - oder unter Verbrechern - eine Physiognomie, die Rätsel aufgibt ... Ich hatte nun seine Augen gesehen. Groß standen sie in dem wetterbraunen, scharfzügigen Antlitz. Unter breiten, geschwungenen Brauen scharfe, fast blitzende harte Augen und doch etwas darin, als läge ein Schleier darüber, als sei alles Traum in ihnen, wieder diese Mischung wie in seinem Antlitz, Schmerz und Weichheit und Stärke, Sehnsucht und Gewissheit und Zielsicherheit. Aber wie sprachen sie, wie eminent deutlich! Vom Aufmerken, vom Besinnen, vom Bewusstwerden des Erfragten zu einem stolzen Unmut bis wieder zu einer gewissen Traurigkeit und Ruhe war ein rascher Wechsel in dem Blick vor sich gegangen.«

Die scheinbare Sprödigkeit des Holzamerschen Stils ist in der Prägnanz und Knappheit seines Ausdrucks begründet, vielleicht sogar in der ganzen Art seines Schaffens, dem das innere Erleben, das Seelische, immer über das Äußere, die Handlung, geht und das sich den Stil zur markanten Kennzeichnung selber prägt und ihm die feste Norm gibt, die dem dargestellten Leben und Wesen entspricht. Anfangs mag er hier und da etwas hastig, flüchtig, absichtlich einfach anmuten. Aber bald wird er einem lieb, und was einem zuerst vielleicht als eingeschobenes Flickwort erschien, das glaubt man, nachher als Glied einer fein gearbeiteten Kette gar nicht mehr ausscheiden zu können. Und dieser Stil ist jedenfalls sein eigener. Es ist rheinisches Feuer und Blut darin, und doch auch wieder Ruhe, Klarheit und Gleichmäßigkeit, je nachdem. Nur wo die Leidenschaften ihre Rechte fordern, da tritt Holzamer aus dieser Ruhe heraus, da schwillt seine Sprache an, und in vollen Akkorden oder in schrillen Dissonanzen singt es und schreit es uns entgegen. Humor, Satire und Ironie sind selten in seinen Büchern. Satire findet man so gut wie gar nicht. Seine Ironie hat immer etwas Gutmütiges, Bemitleidendes. Wo der Humor durchbricht, ist er urwüchsig, frisch und kräftig, niemals aber roh und ungeschlacht. Holzamer lacht nicht; er lächelt nur. Auch der Humor ist ihm etwas Großes, an das grobe Finger nicht rühren sollen.

Zuzeiten haben auch die Heimatdichter Holzamer den Ihrigen beigezählt. Und mit Recht. Allerdings nur zuzeiten, obschon er auch in seinem späteren Schaffen dem Heimatlichen nicht untreu geworden ist.

Wie könnte er auch? Aber von dieser Heimatkunst wollen die, denen sie eng gefasstes Prinzip und allzu klein bezirktes Gebiet ist, nichts wissen. Und er ist doch einer der ehrlichsten Heimatkünstler. Einer, der nie im Posaunenchor dieser neuen »Bewegung« mitwirkte, sondern der im Stillen schuf und die Menschen wachsen und weitblickend werden ließ auf der heimischen Scholle. Und so konnte er Großes, Bleibendes schaffen, das ihm ein Anrecht auf einen vornehmen Platz unter den Volksschriftstellern verleiht. Er vertritt nicht ein ängstliches Sicheinzäunen von allem, was jenseits der vier Pfähle liegt und von dort herüberdringen will, sondern er vertieft sich liebevoll in das, was die Heimaterde an Segen ausströmt, und zeichnet gern die Gesundheit und Vollkraft ihrer Bewohner. Aber auch ihre Schäden und Schwächen deckt er auf, manchmal sogar scharf und unbarmherzig. Er ist viel zu ehrlich, um in einseitige Krähwinkelei zu verfallen.

Holzamers Haupttätigkeit liegt auf dem Gebiete der Novelle und des Romans. Seine Lyrik passt nicht recht zu der Wuchtigkeit, die sich sonst bei ihm kundtut. Sie ist mehr Ausfluss des Gemüts, und das ist gut so. Besonders die Lyrik seiner Reife und Ruhe hat viel Schönheit und stille Glut. Heißes, doch nicht ungestümes Begehren spricht aus ihr, tiefe Sehnsucht und brennender Schmerz. Und vor allem: Sie kommt aus dem Leben und hat Leben; sie posiert nicht. Sie ist fein abgetönt und von reinem, weichem Klang. Nur ganz selten schlägt er einen kräftigeren Ton an, und der ist dann ein Schrei, ein Fluch auf die Spötter und Lästerer, ein Jubel auf Schönheit und leuchtende Pracht. Auch in seiner Prosa manifestiert sich überall der Lyriker. Stellenweise tritt er sogar deutlich und doch unaufdringlich in den Vordergrund. Nirgends stellt sich das poetische Element trotz noch so häufigen Vorkommens als etwas Zufälliges dar. Nirgends ist es Füllsel, nirgends Äquivalent für eine verfehlte oder schwache Wirkung, sondern steht immer mit seiner ganzen Umgebung in innigstem Zusammenhang, gibt mit dieser und in dieser die schönste Harmonie. So verständig ist das Maß des lyrischen Einschlags innegehalten, dass man ihn vermissen würde, wenn er nicht da wäre.

Mit gutem Erfolg und hohem, künstlerischem Ernst hat sich Holzamer auch als feinsinniger Essayist und Kunstkritiker betätigt, in allerletzter Zeit auch als Dramatiker. Uns kommt es auf diesen wenigen Blättern aber in erster Linie darauf an, ihn als Erzähler kennenzulernen, weshalb hier im Einzelnen noch einmal auf sein Schaffen eingegangen werden soll, unter besonderer Berücksichtigung seiner erzählenden Schriften.

Schon in seinem Erstlingsbuch » *Auf staubigen Straßen*« zeigt Holzamer seine Vorliebe für Dorfsonderlinge. Meist zeichnet er Menschen, die dem Leben wohl entgegenzutreten gesonnen sind, unter seinen wuchtigen Schlägen aber zusammenbrechen. In allen Stücken spricht sich eine scharfe Abneigung gegen alles Veraltete, Engherzige und Philiströse aus; einige sind gut pointierte psychologische Kleinmalereien, nicht selten mit Ansätzen zu kräftigem Humor und beißender Ironie. Am besten gelungen ist »Hochsommerglück«, eine straff komponierte Novelle voll gesunder Sinnlichkeit. Sie ist als Probe aus einem Erstlingsbuch geradezu ein Prachtstück, aus einem Guss, während die andern eine größere Einheitlichkeit vermissen lassen. Holzamers Eigenart zeigt aber das Buch schon ganz entschieden.

Um ein bedeutendes reifer stellt sich seine zweite Novellensammlung » *Im Dorf und draußen*« dar. Darin ist kein einziges Stück, das nicht psychologisch tief zu denken gäbe. Sicher erfasst ist »Der alte Musikant« und der Lehrer in »Sein letztes Hochamt«; aber auch die andern Novellen weisen geschickte Linienführung und lebensvolles Kolorit auf. Die ganze Sammlung ist insofern charakteristisch für den Dichter, als die frostige, starre Härte schon hier deutlich zu fühlen ist, die später zu einem Hauptmerkmal wird, oft von erschreckender Konsequenz.

Auf diese ersten beiden wohlgelungenen Versuche seines Erzählertalentes folgte bald » *Peter Nockler*«, der Roman eines Schneiders, den Holzamer gleich im Anfange des Buches mit wenigen, aber sichern Strichen zeichnet: »Ein guter Kerl« ist er. Peter heiratet ein Mädchen trotz ihres Geständnisses, dass sie ihm mit einem andern die Treue gebrochen habe. Sein Herz ist zu gut und weich, sein Mitleid zu tief, seine Liebe zu selbstlos, als dass er Elise abweisen könnte, die entehrt und verzweifelt zu ihm zurückkehrt. Er nimmt sie wieder an, trotzdem sie ihn so oft ihren Übermut und ihre Grobheit hatte fühlen lassen und er sich oft im Stillen gesagt hatte, dass sie doch kein Mädchen sei für ihn. Trotz alledem. Er denkt nicht an sich und das eigene Weh, nur *ihr* Schmerz und ihre Verzweiflung bestimmen ihn. Und dann das liebende Allesverstehen und Allesverzeihen. »Ich will euch was sage, mer sein halt all Mensche.« Das ist Peter Nocklers große Philosophie, die sich nicht unterkriegen lässt von willkürlichen Menschensatzungen, auch nicht von Selbstsucht und kluger Berechnung, auch nicht von unschuldig erlittenen Schmerzen und Unbilden. Die Philosophie einer grundguten, treuen Schneiderseele. Elise siecht an der ihr vom Schicksal geschlagenen Wunde hin, trotzdem sich ihre bangen Zweifel an der Liebe Peters zu dem Kinde, das nicht sein Kind ist, als grundlos erweisen. Es ist eine Holzamersche Härte, dass er die Frau den einen Fehltritt so schwer sühnen lässt. Es war doch nur Jugend, strotzende Kraft und zügelloses Begehren; sie war nicht schlecht. Das bisschen Tollheit und Draufgängertum in ihr wird ja auch still mit der Zeit, und sie wird tief und trägt stumm an ihrem Leid. Aber gerade diese Härte rückt auch sie uns nahe und macht uns mitfühlend. So gewinnen wir sie beide lieb. Auch der alte Meister Sieben und seine Frau sind herzgewinnende liebe Leute, bieder, ehrlich und hilfsbereit. Nichts Böses ist in ihnen. Das Buch müsste ein Volksbuch werden. Allein um dieser vier Menschen willen. Und zum andern, weil ein Humor in seinem ersten Teile lebt, so gesund und erfrischend wie sprudelndes Quellwasser. Wenn ich oben von Holzamers Heimatkunst gesprochen habe, so will ich das nicht zuletzt auch auf »Peter Nockler« bezogen haben. Das ist tiefe, echte Heimatliebe, die aus Peters Tun und Reden spricht, da er in der fremden Stadt einsam in seiner »Schneiderbutike« sitzt und sich zusammennehmen muss, um nur den einen Gedanken nicht aufkommen zu lassen, das Heimweh. »Es saß ihm so ein Druck in der Brust, in der Herzgegend links unten. Es war so etwas, das herauf wollte und immer nur auf eine Gelegenheit passte: heraufschluchzen, müde und traurig machen. Und ein paarmal packte es den guten Peter, und die Hand sank ihm aufs Knie, und die Nadel ruhte. Da war ihm seines guten Meisters Michel Sieben geräumige Werkstatt eingefallen, und der Platz, den er drin gehabt hatte. Da war der Blick aufs freie Feld gewesen bis hinunter in die Wiesen. Jeden Baum kannte er da und die Obstsorten, die drauf wuchsen. Auf dem großen, dicken dort mit dem breiten, runden Kopf: Die weißen Ernteäpfel, auf dem spitzen dort hinten: die gescheckten Zitronenbirnen. Rechts dort, nach der Anhöhe zu, die gewaltigen Nussbäume und ganz da hinten die Weiden und Pappeln in den Wiesen und zwischen denen ein heller weißer Giebel: die Wiesenmühle. Hier auf der andern Seite aber, ganz links, dass man sich ein wenig vorbeugen musste, um recht zu sehen, ein Stück der langen, grauen Kirchhofsmauer. Und die Fuhrwerke sah er, die hin und her gingen, die Schnitter sah er in den weiten Getreidefeldern, ein Blitzen und Blinken der Sensen in der hellen Sonne. Und die Abendröte sah man, die ganz langsam, ganz leise hinter dem Hügel herausgekrochen kam, und es war so still geworden im Feld. Dann ruhte auch er. Am Fenster stand er dann noch eine Weile, bis die Meisterin zum Abendessen rief, und blickte hinunter ins weite, stille Feld und hörte die Bäume rauschen und die Käuze schreien. ›Schön war's‹, musste der Peter denken ...«

Viele gemeinsame Züge mit Peter Nockler weist auch die prächtige Figur in » *Der arme Lukas*« auf. Auch hier tritt uns ein äußerlich unscheinbarer, bescheidener Mensch entgegen, dessen Innenleben desto reicher und tiefer ist. Auch hier spricht ein weiser Mann zu uns, der sich mit der feindlichen Außenwelt abgefunden hat, der nach einer sturm- und wirrnisvollen Lebensbahn den Mut hat, reue- und bußlos zu sterben, nachdem ihm das Jugendglück der Liebe zerschellt ist. Das Buch enthält das ehrlich offene Bekenntnis des armen Lukas, das er dem jungen Besucher in der Dämmerung ablegt. Bis in seine früheste Kindheit reicht es zurück. Vom Vater ob seiner Liebe zu seiner Gespielin Luise als »unpraktischer Träumer« gescholten, treibt es ihn in die Fremde. Nach Jahren kehrt er in die Heimat zurück und findet Luise in der Lücke wieder, die der Mutter Tod in das Hauswesen gerissen hat. Das zerschlägt ihm alles, und den heißen Funken, der noch in ihm glüht und aufflammen will, muss er ersticken; das Stiefschwesterchen steht als stummer Mahner zwischen ihm und Luise, seiner zweiten Mutter. In bitterer Entsagung nimmt er Abschied von ihr und endet die Geschichte seiner Liebe und seines Leides in der Stille und Beschaulichkeit eines bescheidenen Berufes. Das Seelische in dieser Geschichte ist tief und rein erfasst, vor allem in der Liebe des armen Lukas zu Luise. Wie diese Liebe aus dem gegenseitigen Freundsein, der gemeinsamen Naturverehrung, dem kameradschaftlichen Verkehr und der Hochachtung Luisens vor dem reifenden Jüngling herauswächst, das ist erstaunlich sicher erzählt. Ebenso die unverwischbaren psychischen Eindrücke jeder noch so kleinen, äußerlich unbedeutenden Episode aus des armen Lukas Kindheit, der Streit mit dem Freunde, der ihn wegen seines für das leiseste und geheimste Leben der Natur empfänglichen Sinnes verhöhnt, die Krankheit der Mutter, des Vaters Schroffheit und Verständnislosigkeit für seine tieferen Bedürfnisse, die Unterrichtsstunden am Bette des alten Lehrers, alles das macht gerade den »Armen Lukas« zu einem der besten und reifsten Bücher Holzamers, und sicher zum tiefsten. Hätte er uns kein andres als dieses und den »Peter Nockler« geschenkt, wir möchten seinen Namen nicht wieder vergessen, und einer späteren Zeit wird es überlassen bleiben, zu untersuchen, ob nicht Holzamers Bedeutung als Volksschriftsteller ausschließlich in diesen beiden Dokumenten höchster und echtester Menschlichkeit liegt. Seine Bedeutung als Heimatdichter liegt zweifellos darin und wird ein vollwichtigeres Zeugnis in Holzamers Schaffen kaum mehr finden.

Schon in der Seenovelle » *Die Sturmfrau*« verlässt Holzamer den heimischen Boden. Manche Ähnlichkeit in der Handlung weist »Die Sturmfrau« ja mit dem »Armen Lukas« noch auf. Doch endet diese Geschichte nicht in ungestillter, erstorbener Sehnsucht und stummer Resignation, sondern mit einer Erfüllung, einer Erfüllung allerdings um schweren Preis. In der Sturmfrau Käthe Euckens und dem Steuermann Klas Janssen ist etwas, was sich nicht sagen lässt. Man muss es erlebt, gefühlt haben, dieses »Vom Menschen zum Menschen«. Ihr Wesen bestimmt sie füreinander und scheidet die Sturmfrau von ihrem Manne, dem Kapitän. Konrad Euckens war ein »Starrkopf«; aber der tolle Wagemut, jubelnd mit seinem Schiffe in eine Sturmnacht zu segeln, fehlt ihm, und das entfremdet ihn seiner Frau, die sich nach einer gewaltigen Katastrophe sehnt, in deren Überwindung sie eine Lebensaufgabe sieht, die eines großen Preises wert ist. Der Preis ist ihr Gatte. Eine Welle spült ihn über Bord in dem Augenblicke, da sie jauchzend das grause Schauspiel genießt, das die tosende See ihr bietet. Das Schiff sinkt. Klas Janssen und die Sturmfrau werden gerettet. Sie ist stark geblieben und wird sein Weib. Ein tiefer mystischer Zug liegt in dieser kleinen Geschichte. Ich denke dabei weniger an den durch die Art der Erzählung bedingten Seemannsaberglauben als vielmehr an jene Stellen, die deutlich an spiritualistischen Dualismus und Seelenwanderung gemahnen. Käthe und Klas sind »zwei Menschen aus einer Wurzel« ... »Wenn das Leben seine Laune hat und führt so zwei einmal zusammen, sind das nicht eigentlich zusammengehörige Menschen?« ... »Sie müssen doch irgendwann und irgendwo zusammengewesen sein.« Ein gewagter Stoff; aber Holzamers Kraft versagt nicht. Der beständige heiße Seelenkampf Klas Janssens und das im Unterbewusstsein wurzelnde Zueinanderdrängen der beiden verwandten Seelen sind trefflich dargestellt. Die Schilderung der Sturmnacht ist gewaltig.

Wie Holzamer gerade darin Meister ist und die Leidenschaften der Natur mit dem Empfinden der handelnden Person in Beziehung zu setzen versteht, beweist auch » *Der heilige Sebastian*«. Zwei Stellen sind darin, die gewaltig packen. Einmal die wunderbare Schilderung des Trinitatissonntags, in der besonders seine stimmungbildende Kraft zum Durchbruch kommt, und dann die grandiosen Szenen in den drei letzten Kapiteln. Wie Holzamer hier mit sich fortreißt, mit einer geradezu unheimlichen Wucht, das findet nicht leicht seinesgleichen. Und so kraftvoll und wuchtig ist auch der heilige Sebastian in seiner Bußpredigt. Der Stoff weist in die Zeit der Hussitenkriege hinein. Sebastian ist ein ehrlich frommer Priester aus jener Periode. Die Liebe zu einem Mädchen siegt in ihm über die starre Pflicht des Priesters. Er flieht mit Weib und Kind und fristet als Lateinlehrer sein karges Leben unter Not und Entbehrung. Seine Familie fällt den unseligen Zeitwirren zum Opfer. Als vielgeprüfter Mann kehrt er an die Stätte seiner ersten Wirksamkeit zurück und endet seine Sühnelaufbahn, indem er als Rächer Gottes inmitten einer durch zügellose Leidenschaften entmenschten Schar, der er aber als Heilbringer und Erlöser erscheint, sein Leben aushaucht. Holzamer hat es verstanden, in diese Zeit der extremsten Lebensanschauungen einen Mann hineinzustellen, der den wahren Wert des Daseins und die schönste Bestimmung des Menschen gefunden hatte, der im besten und edelsten Sinne ein Heiliger war. Ich möchte diesen Roman den beiden erstgenannten beizählen und »Die Sturmfrau« als Übergang zu seinen letzten, größeren Arbeiten ansehen, in denen Holzamer sich auf das Gebiet der – Frauenbewegung begibt.

Man erschrecke nicht. Was man gemeinhin unter Frauenbewegung und Frauenrecht versteht, davon enthalten die Bücher nichts. So rückhaltlos wie seine früheren vermag ich sie allerdings an dieser Stelle nicht zu empfehlen. Das liegt in ihrer Art, soll mich aber nicht abhalten, sie trotzdem möglichst allseitig zu beleuchten. Sie verdienen es um ihrer selbst, um ihrer Größe willen und fordern es um des Dichters, um des richtung- und zielweisenden Aufschlusses willen, den sie über die Entwicklung des Menschen und Dichters geben. Es ist gar kein Wunder, dass sich der arme Lukas und der Peter Nockler – vielleicht auch noch der heilige Sebastian – *a priori* eine größere Sympathie, eine rückhaltlosere Anerkennung erwerben mussten, als die Frauengestalten in den letzten Romanen Holzamers. In der Geschichte des armen Lukas und der des Peter Nockler ist alles Vergangenes, im Rückschauen Ergriffenes, Abgeschlossenes und somit Sicheres und Befriedigendes. Die andern Arbeiten zeigen Entwicklungen aus jener, möcht' ich sagen, in die Erinnerung gerückten, bewusst gewordenen Präexistenz seiner Persönlichkeit heraus. Sie zeigen in die ferne Zukunft, die der nicht im Werdegang von Holzamers Weltanschauung stehende Fremde gar nicht so zu sehen braucht, wie er sie sieht, die für jenen ebenso gut ein Irregehen wie ein Zielerreichen sein kann. Sie sind Etappen, vielleicht sogar notwendige Etappen, ohne die für Holzamer ein sicheres, ruhiges Fortschreiten gar nicht möglich wäre. Sie liegen auf seinem Wege und, man kann sagen, auf dem Wege, den er mit seinem ersten Buche eingeschlagen hat. In dem Roman »*Inge*«[1] erzählt er von einem nach Vollendung strebenden Mädchen, das den Traum seines Lebens erfüllt

[1] Berlin, Egon Fleischel u. Co. 1903. Neue Ausg. 1905.

zu sehen glaubt in der Verbindung mit ihrem Jugendgespielen und Freund, dem jungen, schnell aufstrebenden Musiker Hans Sturm, dessen Entwicklungsgang Holzamer mit einer erstaunlichen Lückenlosigkeit darstellt. Aber bald kommt für Inge die Enttäuschung. Das Talent Hans Sturms hat seinen Höhepunkt erreicht. Er hat nichts Neues, Größeres, Besseres mehr zu geben. Es ist sein Letztes. Die »Tragödie des Künstlers, der sich selbst überlebt«. Inge verzweifelt an ihm; er wird ihr *nur* Mann, und rückhaltlos weist sie ihn auf die Tragweite dieser Wandlung hin. Hans gibt sich nach einem vergeblichen Versuch, höher zu streben, einem Versuch, dem sein Talent nicht standgehalten hat, den Tod, während Inge über ihn als über eine Entwicklungsstufe hinwegschreitet und dem nach ihrer Meinung ausgereiften Vollmenschen Gerhart Römer, den seine Frau in der Erkenntnis des »Rechtes der Persönlichkeit« willig freigibt, die Hand reicht, um mit ihm ihrer Vollendung entgegenzureifen. Sie gehen in ihre Notwendigkeit. Und diese Notwendigkeit versucht Holzamer mit Gründlichkeit aus den seelischen Konflikten herauszuentwickeln, nicht immer allerdings mit Glück. Es bleiben doch Zweifel und Unklarheiten in Inges Handeln. Und die Notwendigkeit des Schrittes, den Römer tut, deucht mir doch etwas gesucht. Trotzdem wird unsre Zeit an dem Buche nicht vorübergehen können. Es muss an seinem Teile reformatorisch wirken; die Kraft steckt in ihm. Es enthält eine Fülle von Problemen und Zeitfragen, denen Holzamer nicht machtlos aus dem Wege geht, sondern deren Lösung er mit der ihm eigenen Ehrlichkeit und Energie zu finden bestrebt ist. Die fern von jeder Pseudoemanzipation stehende Frauenbewegung wird ihm ihre Aufmerksamkeit schenken müssen, gerade so wie die Erzieher. Das Buch verdient es, dass sein Name geläufig wird, und nicht nur sein Name, auch die großen, gesunden Ideen, die mit schädlichen Vorurteilen endgültig brechen.

Den zweiten Roman, » *Ellida Solstratten*«, wird man vielleicht weniger verstehen und noch weniger sich mit ihm befreunden. Einen Vergleich mit »Inge« fordert er geradezu heraus. Hier wie dort will Holzamer das Weib darstellen, das, selber stark und trutzig im Lebenskampfe stehend, auch von dem Manne mit unerbittlicher Konsequenz Widerstandskraft und Strebensfreudigkeit fordert, das aber über den Schwächling kalt und hart hinwegschreitet oder ihn von sich stößt. So war Inge, so ist Ellida. Ein seltener, vielleicht ganz unmöglicher Typ des Neuweibes, das, an den Konventionen eines braven Bürgertums gemessen, hassenswert herzlos erscheint. »Sind das Frauen?«, wird man sagen. Holzamers früheres Buch war mehr theoretischer Versuch. In »Ellida Solstratten«

bemüht sich der Dichter, die feinen Zusammenhänge zwischen allem Geschehen und den Notwendigkeiten des Lebens überzeugend darzustellen. Er untersucht und zergliedert die subtilsten Regungen und Emanationen der Seele und gibt einen tiefen Einblick in eine auf das Gesetz der Notwendigkeit aufgebaute Weltanschauung. Ohne in nüchterne Doktrinen zu verfallen, ohne aber auch nur ein einziges Mal eine Phrase einzusetzen, wo die schärfsten Kontraste gesteigerte Ansprüche an seine dichterische Kraft stellen. Ellida Sollstratten kommt aus ihrer nordischen Heimat nach Heidelberg, wo sie Vorlesungen über ein philosophisches Thema hört, und findet den »stillen Abseitsgänger« Werner Staufer. »Wie sich Geschwister finden: Sie sehen sich und haben sich lieb.« Sie erleben auf einsamen Wanderungen die Reize der Heimat Werners, und dann kommt der Abschied. Werners Herz blutet. »Da unten steht mein Häuschen, Ellida. Nun blinken seine Fenster schon in den Abend, und am Bette meiner Kinder sitzt die Mutter und sagt ihnen gute Worte, dass sie schlafen sollen.« Aber sie scheiden in der Hoffnung auf ein Wiedersehen im Norden. Ellida widmet sich in der Heimat ernster Arbeit und stellt sich als begeisterte Kämpferin an die Seite des jungen, von seiner Gegenpartei verfemten Advokaten Robert Abel, der ihr seine Liebe erklärt. Sie fühlt nichts für ihn und kann ihn nicht erhören. Nur »wenn das Leben sie wieder zu gemeinsamer Tätigkeit fordern sollte«, will sie ihn wiedersehen. Werners Kommen verzögert sich; er ist dem »Klatsch« der engen Welt, in der er steht, zum Opfer gefallen, und sein Stolz ist gebrochen. Erst nach einem Jahre kommt er auf kurze Zeit. Nach seiner Heimkehr wird er in die Irrenanstalt verbracht. Und das Leben steht vor Ellida »wie ein Cherubim, hart und streng«. Sie erträgt es in stummem Schmerz, während es ihn vernichtet. Sechs Jahre wächst sie an diesem Leben. Da kreuzt Ewald Dranmor ihren Weg. Sein äußeres Auftreten gewinnt sie. Im entscheidenden Moment aber lernt sie die Schäden einer nutzlos verbrachten Vergangenheit an ihm kennen, sieht, dass er ein aufgebrauchter Schwächling ist, dem es an kräftigem Willen fehlt, sich wieder aufzurichten. Und das »Quäntchen Herzenswärme« in ihr kann sie nicht hindern, ihn von sich zu stoßen. Nachdem er sich den Tod gegeben hat, streicht sie ihn aus ihrem Leben, und darunter setzt sie ihre Unterschrift: »breit und fest und groß in einem Zuge, Ellida Solstratten«. Dann geht sie arbeiten. Die krassen Gegensätze zwischen Ellida und den beiden Männern, denen das »Letzte« fehlte – »Widerstandskraft dem einen, Tatkraft dem andern« – heben den Typ des starken Weibes scharf hervor. Die Worte des Angelus Silesius sind ihr Leitspruch: »Mensch, werde wesentlich!« Im Begriff, einen Strauß Rosen auf das Dünengrab des Selbstmörders zu legen, schämt sie sich ihrer Sentimentalität, fürchtet um die Wahrheit ihrer Wesenheit und schleudert die Rosen ins Meer. Wie ihr, so wird auch den Menschen, die ihr begegnen, ihre vollendete Art etwas Herbes, Schmerzliches sein. Man wird trotz alledem Mitleid haben mit den beiden Männern, die das Schicksal vernichtete. Und wieder wird man schwanken und sich fragen, ob sie nicht doch unnütze Brunnen waren, die sich schlossen, ehe sie noch ihren letzten Tropfen hergegeben hatten. Aber noch einmal: »Sind das Frauen?«, wird man fragen. »Tut so die Gemütsmacht des deutschen Weibes?« Wo man danach »Inge« und »Ellida Solstratten« abwägt, da werden ihnen die Türen verschlossen bleiben. Aber auch unter denen, die von Nietzsche etwas über die Bestimmung des Starken und die des Schwachen gelernt haben, werden Holzamer ob dieser beiden Romane vielleicht Gegner erstehen, die fragen: »Wo ist die Ellida Solstratten zu finden, die Frau und zugleich Mensch ist, so Mensch ist wie sie?« Ich habe zu Holzamer das Vertrauen, dass er sie uns noch zeigen wird. Inge war sie nicht; vielleicht sollte sie es sein. Aber sie stand denn doch nicht so fest in dem ihr zugewiesenen Kreise, wie sie darin hätte stehen sollen. Und es war gut so – um des Romans willen –; an den letzten Konsequenzen des Ehelebens wäre sie gescheitert. Anders Ellida. Ihr traue ich zu, dass sie sich auch da finden wird, wo Holzamer sie uns noch nicht gezeigt hat: an der Seite des Mannes, den ihr das Leben »aufgespart« hat. Auch da wird ihrer die Arbeit warten. Auch da wird sie dem Leben »Auge in Auge« gegenüberstehen, und es wird weniger hart und ernst sein, und sie wird nicht immer »wie Stahl« sein müssen, sie wird auch – lächeln dürfen und sich »der schönen Erde freuen«. Dort wollen wir Holzamer wieder begegnen, und alle Ehrlichen von seinen ersten Romanen her werden sich mit ihm versöhnen, wenn sie ihm eine Zeitlang fremd gewesen waren.

Ich muss mich in der Betrachtung von Holzamers weiterem Schaffen beschränken. Gleich sein erstes unter der Einwirkung Falkes entstandenes Lyrikbuch » *Zum Licht*« war ein Beweis von Holzamers unermüdlichem Streben »zum reinen Lichte der reinen Kunst«.

Einheitlicher und selbständiger als dieses Buch des Ringenden ist » *Carnesie Colonna*«, dessen Lieder trotz des resignierenden Untertones viel Zukunftsfreude atmen. Der ganze Zyklus ist das Lied einer Liebe, die wie ein Hauch war, wie ein stiller Wellenschlag ans Ufer, und die doch so unvergesslich ist, weil sie glücklich machte. Der Dichter singt vom Gewinnen im Verlust, vom Besitzen im Meiden, vom Glücklichsein im Unglück. Ein Buch ist es wie eine reife Frucht im Herbst. Holzamer hat darin eine große Höhe erstiegen. - Wie tief ist es gedacht, wenn Carnesie dem Dichter die Deutung seines Lebens gibt, indem sie ihn auf die Schönheit der griechischen Vase hinweist, der äußere Mängel und Risse keinen Abbruch tun können. Wie echt traurig ist das Traumbild der beiden umschlungenen Leichen im Kahn und seines bleichen, lächelnden Führers, des Todes! Wie ergreifend das dämonische »Wiedergeburt« mit dem wunderbar klar geschauten »... und heimlich rann mein Herzblut deinen Schritten nach.« Phantasien nennt Holzamer die Lieder, als ob ihm die ehrfürchtige Scheu vor dem Erlebnis und seiner Schwere Schweigen auferlege, damit keines Unberufenen Blick in das Heiligtum seiner Schönheit und seiner Liebe dringe.

Schönheit strahlt auch das niedliche, köstlich ausgestattete Bändchen » *Spiele*« aus. Zwar wird der unbestrittene Wert dieser Spiele, trotzdem sie in Darmstadt das Rampenlicht sahen, ausschließlich in dieser Buchausgabe liegen. Auf eine so feine Bühne, wie sie Holzamer erträumt, werden wir vorderhand wohl verzichten müssen, und auf ein Publikum, das für eine solche Kunst zu gewinnen wäre, erst recht. Wenn man die fein abgerundeten und geklärten Szenen liest, die voll Weichheit und stiller Anmut sind, wird einem, man wandle durch Märchenreiche, leise, leise, damit nur ja der süße Traum nicht zerstört wird, der den Geist umfangen hält. Böcklins »Der heilige Hain« tut sich dem seligen Blick auf, und man sinkt nieder, umflorten Auges, vor dem Altar der Schönheit.

Von der ernsten Sorge Holzamers um die Kunst legt das kleine Büchlein »Die Siegesallee« ein beredtes Zeugnis ab. Es sind »Kunstbriefe an den deutschen Michel«, in denen Holzamer gegen das Unkünstlerische der vielerörterten Berliner Siegesallee Stellung nimmt. Die Wahrheiten der Schrift sind aber mit der Aktualität jener Frage nicht geschwunden. Sie bleiben. »Das schwerste Hindernis, was der Kunst in den Weg gelegt wurde, ... ist die Siegesallee in Berlin.« Im Anschluss an diesen Vorwurf fordert er »vollste Freiheit« für den Künstler in demselben Sinne, wie sie Schopenhauer dem Dichter im Besonderen zuerkannt wissen will und wie sie für die Schöpfer der Siegesallee von selber ausgeschlossen war. Die Hofkunst, die ein Dienstverhältnis darstellt, will er mit dem »Kunstwart« zwar nicht unterdrückt, aber scharf von der sachlichen Kunst geschieden haben. In dem Großherzog Ernst Ludwig von Hessen erblickt er den fürstlichen Mäzen, der »nicht um *seiner* Verherrlichung willen Kunst und Künstler fördert, sondern frei schaffen, ja sogar frei gewähren lässt, nicht Gesetze vorschreibt, nicht Gefallen und Missfallen ausdrückt, sondern die Republik der Künstler ohne Dreinreden sich entfalten oder sich verzehren lässt«. Er war es, der den Künstlern in Darmstadt freies Schaffen gewährte und ihnen mit diesem Recht zugleich auch die volle Verantwortung übertrug. Und daher kann es in Darmstadt keine Hofkunst geben, »sie muss sich selbst krönen«, ohne den »Stempel der Krone« zu tragen. Es ist oben schon gesagt, dass diese Briefe aus einer ernsten Sorge heraus geschrieben sind. Und wo auch hier und da ein satirischer Ton angeschlagen wird, immer steht dahinter der Mann, dem es ein Heiliges ist um seine Sache.

Zeugte schon dieses Büchlein von einer durchaus selbständigen, eigenartigen Kunstanschauung, so muss die Essaysammlung *»Im Wandern und Werden«*[2] als das reife Ergebnis eines rastlosen Ringens nach Klarheit und Wahrheit des Lebens und der Kunst angesehen werden. Es ist ein reiches und doch bescheidenes Buch: Holzamer nennt die Aufsätze Randbemerkungen, und doch liegt darin so sehr seine ganze, starke *Persönlichkeit,* spricht daraus so eindringlich und deutlich seine große *individuelle Kunsterfahrung,* dass man mehr darin sieht als Randglossen. Wie ich's auch anfangen wollte, es ist auf einem kleinen Raume ganz unmöglich, auf den Inhalt des Buches näher einzugehen und die Gedanken der einzelnen Stücke zu fixieren. Mit knapper Inhaltsangabe und Überschriften ist's nicht getan. Dazu ist das Buch zu ernst und fordert zu viel Ernst.

Zum Schlusse sei - nicht allein um der Vollständigkeit willen - noch auf ein Bändchen aus Paul Remers »Dichtung« hingewiesen, das Holzamer über »Conrad Ferdinand Meyer« schrieb. Wie sehr er der Bedeutung Meyers darin gerecht wird, braucht nicht besonders betont zu werden, wenn ich sage, dass für die Bearbeitung dieses Bändchens kaum ein Dichter gefunden werden konnte, der in der »stillen Werkstatt« des »feinen Kunstschmiedes« sich so zurechtfand wie gerade Holzamer. Und noch mehr. Über Conrad Ferdinand Meyer ist in der letzten Zeit so viel geschrieben worden, dass dem wohl kaum etwas Neues hinzuzufügen wäre. Betsy Meyer, die Schwester des Dichters (zu der dieser einmal sagte: »Wie werden sie einst an meinem Lebenslauf herumrätseln! - Nur du könntest ihn erzählen, und du tust es nicht.«) hat, als die Berufenste, ebenfalls jüngst von dem Leben dieses Mannes »der feierlichen Stille« erzählt und, was das Wichtigste ist: mit übergroßer Objektivität, die nach Harry Mayne (Lit. Echo VII, 8) »einerseits in der offenbaren Kühle ihres Temperaments, anderseits aber entschieden darin begründet ist, dass eben auch sie mit dem Bruder

[2] Berlin, Wiegandt u. Grieben. 1905.

nicht ganz intim war ... Trotz ihrem schönen und gehaltvollen Buche bleibt uns C. F. Meyer also noch ein Problem, und niemand darf sich an seine Biographie wagen, der sich nur an das aktenmäßig Überlieferte halten wollte, ohne imstande zu sein, kraft eigener Intuition und hoher psychologischer Begabung den spärlichen Quellen auch in ihrem unterirdischen Laufe zu folgen.« Wenn einer diese Bedingungen erfüllt, so ist es Holzamer; denn wie er in dem Buche als Dichter und mehr noch als Psychologe mit Liebe und feinem Sinn in das Wesen Meyers eindringt, muss rückhaltlos anerkannt werden.

Wilhelm Holzamer ist noch jung. Für einen Dichter, dessen Werk die Notwendigkeit einer eingehenden Betrachtung enthält und gewissermaßen auch die Möglichkeit gibt, jetzt schon das Fazit daraus zu ziehen, mag er noch sehr jung sein. Er ist am 28. März 1870 in Nieder-Olm bei Mainz geboren. Sein Lebensgang war nicht wie das Reifen einer Frucht: Langsam, stetig, sicher berechnet; die Kräfte in ihm waren so stark, dass sie zur Eruption drängten, um fessellos zu werden. So ist kaum eine ganz neue Saite mehr in ihm verborgen. Sein Leben und sein Werk liegen klar vor ihm und uns, sofern wir sehen wollen. Er sagt selbst: »Aus meinen Büchern wäre alles zu entnehmen, was bis jetzt sich hervordrängte und so viel Wichtigkeit und Gesicht annahm, dass es gestaltet werden musste. Vieles ist noch, mit dem ich nichts anzufangen weiß bis jetzt, obgleich ich's gelebt habe wie alles andere,«

Holzamer weiß selber, wie innig sein Werk mit seinem Leben verbunden ist und was er als Dichter durch sein Leben geworden ist. Statt einer trockenen Biographie möge daher das hier stehen, was er in einem Briefe selber von sich sagt. Der Leser des »Armen Lukas« wird darin so feine Beziehungen zu diesem Selbstbekenntnis finden, dass er es allein darum schon nicht gern entbehren möchte.

»Von meiner Jugend könnt' ich Ihnen sagen, wie sie war, d. h., wie sie war mit einem Worte, wie man so sagt, gut oder schwer, das geht nicht ganz. Sie hatte viel Schweres und viel Schönes. Was mir jetzt als Wichtigstes erscheint, sie war zwischen Tür und Angel, wie wir sagen. Fragen Sie mal den armen Lukas, Land und Stadt, Gering und Vornehm, Arm und Reich oder wenigstens wohlhabend und über die nächsten Sorgen hinaus, dazwischen ging es hin und her. Ich habe dadurch nie den Dialekt meiner Heimat gesprochen, ich habe ihn gewissermaßen stets stilisiert geredet. Ich habe vielleicht seinen Tonfall nur erlauscht, um mein Hochdeutsch darauf zu stimmen. Denn ich wurde verfolgt in unserem Dorfe wegen meines Wesens, meiner Sprache, meiner Abstammung - vom alten Holzamer, der jetzt in meinen Büchern

Andreas Krafft heißt. Er war ein Revolutionär von 30 und 48 her, er hat einen schweren Kampf mit dem Bischof Ketteler in Mainz gekämpft und war ein besiegter Sieger. Er ist die stärkste Persönlichkeit, die mir in meinem Leben begegnete. Er war ernst, streng, vornehm, sicher. Mit sieben Jahren kam ich zu ihm in seine Privatschule, lernte gleich Französisch und wurde in religiöser Beziehung ganz frei erzogen, (Zum Religionsunterricht musste ich in die Volksschule gehen. Aber da ließ man mich in der einen Stunde, die man mich mal sah, natürlich links liegen.) Ich blieb in den Händen meines Großvaters, der auch meine musikalische Ausbildung überwachte, bis Kranksein es ihm versagte, an mir zu modeln. Dann kam ich nach Mainz in die Schule, gewissermaßen von seinem Sterbebett weg. Den Klavierunterricht übernahm nun meine Tante in Bingen, die da als Pianistin lebte, eine vorzügliche Bachspielerin ...

Zu Hause war die Mutter meiner Mutter, die »alte Lisbeth«, wie sie im Dorf hieß. Sie ist der liebste Mensch und der weiseste, der durch mein Leben gegangen. Sie war ewig jung. Sie war gut, lieb, gemütvoll und wahrhaft weise. Sie war mit dem Jahrhundert geboren und ist 1887 gestorben. Sie hatte mich sehr lieb, und ich bin in allem, was mir bis zum 17. Jahre das Leben zu tragen gegeben, zu ihr geflüchtet. Sie hatte immer Trost, sie hatte immer eine große Beziehung, in die ein Leid einfloss und sich darin verlor. Sie hatte die Weisheit der Erfahrung. Ohne sie hätte sie wohl ihr Leben nicht tragen können, nicht so, wie sie's trug. Über vierzig Jahre schleppte sie ihr Holzbein - und es war vielleicht nicht das Schwerste, was sie schleppte. Ich höre oft den Takt ihres Ganges - und ich musste oft in dem gleichen Takte gehen, mit meinen zwei gesunden Beinen. -

Meine Mutter war lieb und klug, ein bisschen fantastisch vielleicht, aber wenn es galt, sich praktisch zurechtfindend und unverzagt. Der Vater dagegen war ein ungezügeltes Temperament; der Moment riss ihn ganz hin. Er fand sich in der Welt nicht zurecht. Er hatte kein Glück.

Ich müsste noch von meinem jüngeren Bruder sagen, wie er Freud' und Leid mit mir geteilt - und müsste von Rheinhessen, den Hügeln und Wingerten, von dem Wiesengrunde der Selz, von den alten Mühlen, von Bingen und Mainz, vom Rhein, vom Taunus und Hunsrück, von einsamen weiten Gängen und dicken Feld- und Waldblumensträußen, von Freunden und Freundinnen sprechen, von Musik und schlechten Gedichten, von Traurigkeiten und Schwärmereien, von allem, was nachklang in den folgenden toten Jahren, die mehr an mir vernichtet als aufgebaut haben, obschon auch da gute Menschen es gut mit mir gemeint haben. Es ging um ein rasches Brot – und auch ein bisschen weltunerfahrener Idealismus war dabei. Alter Schullehreridealismus, der von der Zeit und in der Zeit nichts gelernt hatte. Und doch ist diese Zeit tot in mir, doch hat sie nur getötet in mir. Ich mag ihr gar nichts danken, und vielleicht hab' ich ihr doch sehr viel zu danken.

Dann unterrichtete ich dreizehn Jahre lang an der Großherzoglichen Realschule in Heppenheim an der Bergstraße ... und arbeitete, durstig, verlangend, unbefriedigt, aber rastlos.

In Grün versteckt, stand hier mein Häuschen, traumschön, und mein Leben schien in den Geleisen der Sicherheit friedlich, auf den Wegen des Friedens sicher hinzufahren. ›Zum Licht‹ war erschienen und musste in der näheren Umgebung versteckt gehalten werden. Die ›staubigen Straßen‹ waren erschienen, kein Mensch durfte davon wissen. Im Jahre 1901 berief mich der Großherzog nach Darmstadt als Leiter der ›Darmstädter Spiele›. Meine ›Spiele‹, für diesen besonderen Zweck geschrieben, erschienen bei Diederichs. Gleichzeitig brachte er ›Im Dorf und draußen‹ heraus. Der ›Nockler‹ lag schon lange fertig, der ›Lukas‹ war beinahe beendet. Sie erschienen bald. Dann schrieb ich für Diederichs die Kunstbriefe an den deutschen Michel über die ›Siegesallee‹. Der Großherzog übertrug mir die Leitung seiner Kabinettsbibliothek. ›Carnesie Colonna‹ erschien. Und dann – dann riss es mich hinaus ins Leben. – ›Die Sturmfrau‹ erschien, ›Der heilige Sebastian‹, die ›Inge‹, ›Ellida‹, ›C. F. Meyer‹, und ich schrieb das Drama ›Um die Zukunft‹.

Ich habe gelebt wie jeder andere, ohne Besonderheit, und hatte meine Lehrjahre nötig – vielleicht sind sie noch nicht abgeschlossen – und muss meine Wanderjahre – vielleicht haben sie schon begonnen – wandern mit allen Strapazen und Bitternissen der Wanderschaft. Und vielleicht häng' ich einmal wo mein Schild der Meisterschaft heraus – vielleicht komm' ich auch nie dazu. Nach etwas streben, heißt nicht immer, es erreichen, und ich habe gar keine ›Freunde‹, gehör' auch keiner Clique an und unterhalte und suche auch keine ›Beziehungen‹. Ich eigne mich dazu nicht. Auch Allüren geben kann ich mir nicht. Und außerdem hab' ich sehr viel kritisiert, das verdirbt die Freundschaft.

Köln, im Frühjahr
1905.

R. W. Enzio

Am Fenster.

Seit fünfundzwanzig Jahren sitzt Tante Amalie da oben an dem Fenster hinter dem grünen Straßenspiegel, dem »Spion«, schiebt die weißen Mullvorhänge ein wenig zurück und beobachtet das Leben auf der Straße.

Vor dreißig Jahren ist sie in die Wohnung gezogen, drei Stuben, eine Küche und eine Kammer, eine Abteilung des Kellers, und ein Stück Garten hat sie damals mit Tante Marie gemietet. Anfangs hatte Tante Marie den Sitz am Fenster inne – da war der eine Vorhang immer ein wenig zurückgeschoben, denn Tante Marie konnte mit ihren gichtigen Händen nicht jedes Mal den Vorhang heben, wenn jemand unten auf der Straße vorbeiging, der ihr fremd oder wichtig war, oder sonst ein Vorgang sich abspielte, der ihr nicht entgehen durfte. Damals war auch der Straßenspiegel gekauft worden, und so gab er nun schon dreißig Jahre das Leben der Straße auf- und abwärts in seinen hellen Scheiben wieder – aber seine Helligkeit hatte nicht gerade zugenommen dabei. Tante Amalie störte das nicht, dass er nun allmählich erblinden wollte. Denn damals schon wie heute noch sah sie nur wenig in den Spiegel, sondern sah lieber Menschen und Vorgänge selbst. Als nämlich Tante Marie gestorben war, fünf Jahre nachdem sie in die Wohnung gezogen waren, da nahm sie, Tante Amalie, den Platz am Fenster ein, strickte Strümpfe und Pulswärmer, Seelenwärmer und Bettdecken – nun schon fünfundzwanzig Jahre lang – versorgte die ganze Familie mit warmem Wollenzeug, ließ die alte, taube Magd die Küchenarbeit tun und ließ das Leben da unter sich gehen, wie es eben wollte, und sah ihm still gelassen zu. Sie wusste – so laut und bewegt es eben auch sein mochte, es wurde wieder still – und so totenstill es eben war, es wurde wieder lebendig, gerade wie es dunkel wurde nach dem Tage und hell nach der Nacht, und wie die Bäume grün wurden, wenn der Frühling kam, blüten, wenn Sommer war, Früchte trugen im Herbst und kahl und grau wurden im Winter. So sehr es wechselte, es blieb doch immer dasselbe – und wie auch alles dasselbe blieb, es war doch Wechsel darin. Junge kamen und wurden alt, Alte gingen und Junge kamen. Das blieb immer im gleichen Gang – das wechselte ein wenig die Farbe, ein wenig das Gesicht – die Augen ein wenig, die Nase ein wenig, den Namen – aber es war immer dasselbe.

Sie war nun alt und grau und gelassen mit ihren fünfundsechzig Jahren und hatte viele Runzeln im Gesicht und Falten in den Lippen, und ihre Hände waren dürr und welk und ihre Augen trübe. Es ging auch nicht mehr so wie früher mit dem Gehen, mit dem Bücken und Stehen, mit dem Hantieren und Arbeiten - es ging alles mit Geächz und Gestöhn und Beschwerde - und manches ging auch gar nicht mehr. Nur das Stricken, das Klappern mit den Nadeln, das war noch so leicht und flink und geschickt wie vor Jahren - und das ging so von selbst geradezu, dass sie noch in ihr Nachmittagsnickerchen hinein stricken konnte und schon vorm rechten Wiedererwachen die Nadeln wieder klappern ließ. Nur die alte Schwarzwälderin im Kasten war sich darin mit ihr gleich geblieben - und wenn *sie* während ihres Nachmittagsschläfchens täglich einen kleinen Ausstand machte, so entschädigte sich die Schwarzwälderin von ein Paar Jahren zu ein paar Jahren mit einem gründlichen Stillestehen, bis sie wieder frisch ausgestäubt und geölt war. Tante Amalie regelte das mit einem Viertelstündchen Tag für Tag.

Nicht immer war Tante Amalie so still und gelassen und gleichmäßig gewesen, nicht immer war sie »Tante« gewesen. Fünfzehn, sechzehn, siebzehn war sie auch einmal - und da war sie frisch und keck und schnippisch - und sang, wenn sie morgens aufstand, und sang, wenn sie abends schlafen ging - und saß über Tag nirgends still, und auch ihr Mundwerk brauchte nie der Nachhilfe. Dann ward sie achtzehn und neunzehn und zwanzig - und da tanzte sie, wo einer eine Geige strich oder eine Harmonika zog oder eine Zither schlug, wenn nur noch ein lustiger Bursch dabei war, der sie in seine Arme nahm und herumwirbelte. Und sie sah auch aus und um in jenen Jahren, wer der Schönste sei und Stärkste, und welcher am lustigsten sei und am leichtesten tanze, und es war nicht einer nur, der ihr gefiel. Sie selbst aber war damals wie ein Apfel, in den man beißen möchte, wie ein Pfirsich, der vor der Reife steht, wie eine Rose, die der Morgentau öffnet und aus der Knospenhülle lockt. Ein Paar Jahre später - da war sie fünfundzwanzig und war wie ein Apfel, der sich vom Zweige lösen möchte, war wie ein Pfirsich, der des Pflückens harrt, wie eine volle Rose, die blüht und duftet und die Königin des Gartens ist.

Und eine Königin war sie damals - ganz heimlich und verschwiegen, ganz selig in goldenen Träumen, ganz Liebe auf blühenden Wegen, auf mondlichthellen Pfaden, und Brust an Brust und Hand in Hand hinter schweigenden Hecken, in Winkel und Schatten. Sie sang manchmal, und es war ein Seufzer gemeint - sie seufzte manchmal, und es war ein Singen gemeint. Und es war ein Glück und ein Leid, ein Leid im Glück, ein Glück im Leid - so köstlich - wie Blüten im Mai, wie Vogellied im Sommer. Und es war ein Erwarten, Gedulden, Sehnen und Erschleichen - so köstlich in seiner Gefahr und so gefährlich in seiner Köstlichkeit.

Und der Frühling hatte die Liebe geweckt, und geblüht hatte sie im Sommer, und eingeschlafen war sie im Herbst und gestorben im Winter. Und tot und begraben lag sie in einem jungen Herzen.

So wurde sie achtundzwanzig und neunundzwanzig und dreißig und fünfunddreißig - und da war sie »Tante« Amalie - ganz auf einmal in aller Munde - und sie mietete mit der Schwester die kleine Wohnung, drei Stuben und Küche und Kammer, ein Abteil Keller und ein Stückchen Garten - und fünf Jahre hatte die Schwester Marie am Fenster gesessen, fünfundzwanzig saß sie nun schon da - und da unten ging das Leben seinen gleichen Gang, auf und nieder - und sie war alt und gebrechlich, grau und runzelig, gelassen und ergeben und strickte Strümpfe, warme Puls- und Seelenwärmer und weiße Bettdecken mit allerlei Mustern.

Sie weiß das Leben auswendig, das sich auf der Straße und im Städtchen abspielt - aber sie sieht und hört doch immer wieder danach. Und am Nachmittag um fünf, da sieht sie besonders scharf auf die Straße - und wird's einmal ein paar Minuten später, bis sie den ersehnten Tritt hört, da öffnet sie den Fensterflügel und sieht die Straße hinauf - und endlich kommt »er«, da errötet sie fast ein wenig und schließt den Flügel und sieht hinter dem Vorhang, wie er unten vorbeigeht, mit seinem weißen Bart, mit seinem grauen Haar, mit seinem großen Hut, der nun beinahe grün geworden, während er doch einmal schwarz gewesen war, mit seinem großen Bratenrock, der glänzend ist, fast wie ihr Spiegel vorm Fenster draußen. Da geht er müde und schwer, alt und gebrechlich, und nur sein Stock stößt noch auf die Steine auf, wie in jüngeren Jahren, ja noch schwerer fast und härter. Und sie sieht ihm nach - und lacht nicht und weint nicht und seufzt nicht einmal - es ist alles still in ihr.

Und eines Tages war's fünf - und er kam nicht, war's sechs, und sie blickte noch vergebens die Straße hinauf - und noch ein halb Stündchen mehr, da läuteten die Glocken tief und traurig. Und war's andern Tages fünf und sechs, und er kam nicht, und dritten Tages noch einmal, sodass ihr doch war, die Welt sei verändert und verkehrt, und es komme nicht mehr, was gekommen sei und gehe nicht mehr, was gegangen sei, und es fehle etwas im Leben, im Getriebe da unten.

Sie hatte einen Kranz gemacht aus Tulpen und Hyazinthen, Stiefmütterchen und Syringen, Veil und Rittersporn, aus allen Blumen ihres Gartenstücks - und sie wusste es wohl, warum sie die Welt so anders fand.

Und dann kam er - anders wie sonst - in dem dunklen Wagen, um dessen Kreuz ihr Kranz hing - und Fahnen folgten ihm und viele Menschen, Männer, die einst seine Schüler gewesen waren, Männer mit grauen Bärten und grauem Haar, Jünglinge und Knaben, und sie schritten alle stille und ernst, und da und dort hing eine Träne in einem Männerauge - und er vor ihnen voraus, in seinem schwarzen Sarge, in dem schwarzen Wagen, an dessen Kreuz ihr Kranz hing.

Sie begruben den Kantor Meister - Georg Christoph Meister - mit allen Ehren, die er verdient hatte.

Und Tante Amalie stand am Fenster und sah seiner Leiche nach. Sie trauerte - und ihr Trauern wurde ein Träumen. Einen Weg sah sie, weit ins Land - und blühende Bäume - und Blumen am Wege - und er pflückte eine, eine blaue Kornblume war's, und steckte sie ihr in die Brustkrause - und er nahm ihren Kopf zwischen seine Hände und zerdrückte ihr die Papilloten über den Ohren und küsste sie und küsste sie. Und sie ihn wieder ...

Und mussten doch auseinandergehen, die zwei ...

Da läutete die Totenglocke auf dem Friedhofe - der Pfarrer hielt nun seinen Nachruf - nun, wenn sie den Sarg hinabgelassen haben.

Und morgen geht das Leben seinen Gang wie alle Tage. Nur er fehlt Tante Amalie. - Aber so lang's ihr noch beschieden, sie muss sich auch daran gewöhnen. Und sie wird's.

Der lange Hahn.

Sie waren zehn lebendige Geschwister gewesen, drei Buben und sieben Mädchen, von oben, ihm, »dem Langen«, an immer eines kleiner als das andere, wie die Orgelpfeifen. Sein Vater war nur ein Zigarrenmacher, da konnt's nicht gerade hoch hergehen bei ihnen daheim. Anfangs, als sie noch zwei, dann drei, auch noch als sie schon viere waren, da war's eher gegangen. Da hatte auch die Mutter noch in die Fabrik gehen können. Aber beim fünften, da trug sie etwas vom Wochenbett davon, da ging das nicht mehr, und es wurde immer knapper bei ihnen. Denn es kamen immer noch fünfe, und sie waren auf den Verdienst des Vaters allein angewiesen. Das war wenig für so viele Mäuler. Es hieß sparen.

»Ja, sparen!«, sagte die Mutter immer, »das ist gut gesagt. Aber essen muss man doch!«

Es gab viel Kartoffeln und wenig Fleisch, und durch die Stücke Brot konnte man durchsehen zuzeiten, so dünn waren sie. Sie bekamen manchmal abgelegte Kleider geschenkt; aber die hielten nicht lange, und die Mutter hatte oft den ganzen Tag nichts anderes zu tun, als zu flicken. Und die Schuhe! - Gott, die Schuhe - sie liefen alle mehr auf dem deutschen Boden als auf Ledersohlen, und die Füße durften ihnen nicht verfrieren und mussten sich abhärten. Das liebe Elend war der treueste Hausfreund.

Der Vater freilich, der hatte seine Freizigarren, und wenn Kummer und Sorgen zu groß waren, da konnt' er doch rauchen. Es machte ihn ja gewiss auch nicht satt, aber es war doch etwas getan, das nicht an die Not erinnerte und andere Gedanken gab.

Sie hatten zwei Stübchen, einen Gang und eine Küche, aber es war ein großer Hof beim Hause, und das Feld war auch nahe. Im Sommer gab es Rüben draußen, und bald würden auch die Zwetschen reifen, die Birnen und die Äpfel; - nun es schadete so einem reichen Bauern nichts, wenn man im Vorbeigehen mal eine Rübe ausriss und sich mal tüchtig dran satt »watzte«, und unter einen Baum werfen, war auch keine große Sünde, wenn man sich nicht mit Falläpfeln die Taschen füllen konnte. In der Erntezeit konnte man Ähren lesen. Früh auf hieß es da, wenn der Tau noch auf den Äckern lag, denn sonst »schutzte« es nicht. Aber wie beschwerlich und mühsam war das, die Äcker absuchen! Die Bauern ließen kaum ein Hälmchen mehr liegen, seit alle die großen krummzinkigen Patentrechen hatten, und bis so eine Handvoll Ähren gefunden war, da musste man sich so vielmal bücken, dass man hintennach meinte, das Kreuz müsse einem zerbrechen. Und die Disteln und Stoppeln waren den bloßen Füßen auch nicht angenehm. Aber wenn sie zu zweien waren, der Bruder und er, und sich einander aneiferten und um die Wette suchten, da gab's doch ein tüchtig Bündel, bis es zwölf läutete, und sie waren dann beide nicht wenig stolz, wenn sie mit ihren Armen voll heimkamen. Es war ein teurer Stolz, zumal für ihn, den »Langen«. Aber wenn die Mutter sagte:

»Da, ›Langer‹, hast ein Stück Brot mehr!« da vergaß er gerne die Anstrengung, die es ihn gekostet hatte, und teilte mit dem Bruder, der die Arbeit weniger zählte, als er, und dem alles leichter fiel.

Die Mutter weinte oft.

Sie sagte immer: »Wenn ich nur noch könnt'! Aber ihr habt mir all mein Leben genommen. Ich hab' kein' Kraft mehr.«

Der Vater durft' das nicht hören. Er ward dann böse.

»Wenn du nur mal groß bist, ›Langer‹, und auch was verdienst, dann wird's ja eher gehen. Dann kommt eins nach dem anderen, der Franz dann, dann die Lotte. Aber bis dahin werd' ich auf dem Kirchhof liegen.«

Der Bruder Franz war schon in der Jugend für das »weiche Geschwätz« nicht und ging dann immer aus der Stube. Er, der »Lange«, er blieb bei der Mutter und hörte ihr Lamento an, in dem leise, ganz leise, stets ihr Hoffen mitklang. Mit seinen Kinderohren hörte er dies Hoffen aber laut, und er gab Versprechungen und baute Luftschlösser, und die Mutter trocknete ihre Tränen.

Es war in der Zeit, dass er bald aus der Schule kam. Da merkte er, dass sie noch ein Kind kriegen sollten. Und sie waren doch schon neun und hatten nicht satt genug.

Es ließ ihm Tag und Nacht nicht Ruhe. Er wollte seinen Bruder darum fragen. Aber das wagte er nicht in deutlichen Worten. Und der Franz hatte so eine Art, so etwas nicht schwer zu nehmen und sich nicht quälende Gedanken darüber zu machen. Er war darin ganz anders als er und ließ alles eher gehen, wie es ging. So kam er mit ihm nicht weiter.

Es erregte ihn furchtbar. Es war wie Feuer in ihm. Er konnte die Mutter nicht ansehen. Manchmal war ihm, er müsse auf sie eindringen. Er hatte eine Wut auf sie. Das war so entsetzlich und furchtbar, dass er sich vor sich selbst schämte. Und doch wieder ging etwas von der Mutter auf ihn aus, das wie Singen ward in ihm und ihm heißmachte. Er musste sie manchmal verstohlen betrachten, vom Kopf bis zu den Füßen, und dann stieg ihm auch heiß die Röte in die Schläfen.

Aber wenn sie sich so hinschleppte, da jammerte es in ihm, und bedauerte und klagte an, und er wusste doch gar nicht, wen er anklagen und wo und was er anklagen sollte. Ach, es war ja zu traurig für sie! Und auch für ihn! Wie sollte der Vater nur das Geld herbeischaffen können, für noch ein Kind! Was würde das alles kosten, die Amme alle Tage ins Haus, die Kindtaufe!

Wenn er nur helfen könnte!

Eines Tages war dann das Kind da.

Als es ihm der Vater zeigte, schossen ihm die Tränen in die Augen. Die Mutter sah ihn so hilflos an. Vater und Mutter drangen in ihn, was er denn habe. Endlich rang sich's ihm los: »Wenn's uns nur besser ging', dann könnt's ja gekommen sein!«

Da blickte die Mutter nur noch trauriger und hilfloser, der Vater aber ging stumm weg. Nach einer langen Stille streckte ihm die Mutter ihre weiße Hand, die ganz mager war und auf der man die blauen Adern wie Rutenstriemen sah, aus dem Bette heraus hin und sagte:

»Jetzt kommst du bald aus der Schule, ›Langer‹, da verdienst du was. Gelt, und wenn du mal groß bist, sorg' auch für das Würmchen, wenn du was übrig hast, denn's kann ja nix dafür, dass es noch kommen ist.«

Er konnte nur nicken und musste aus der Stube gehen.

Er sollte auch Zigarrenmacher werden. Er folgte dem Vater, der ihn mit in die Fabrik nahm. Es war ihm nicht recht, und innerlich sträubte er sich dagegen. Er mochte den Geruch nicht leiden. Schon als kleiner Bube, wenn er länger in der Fabrik gewesen war, hatte er Kopfweh gekriegt. Einmal war ihm sogar so übel geworden, dass er ganz krank nach Hause geschafft werden musste.

Die Leute sagten, er ist zu groß aufgeschossen und viel zu rasch gewachsen. Er ist ja dürr wie eine Bohnenstange und dünn wie eine Gerte. Das Blut ist ihm zu schwach. Viel Kräftiges wird er auch nicht zu essen gekriegt haben, da wirft ihn schon das bisschen Tabaksgeruch um.

Der Vater aber meinte, mit dem Wachsen müsse es denn doch einmal ein Ende haben, und er müsse ein wenig in die Breite gehen und gesetzter werden.

»Zum Sortieren bist du wie geschaffen,« stellte er ihm vor. »Mit deinen langen Armen, da machst du an zwei Tischen, was sonst Zwei an einem machen. Rauch du mal tüchtig und lass dir ordentlich dabei übel werden, da wirst du schon von der Käsigkeit kuriert sein! ...«

Er war nun schon vier Wochen lang in der Fabrik und hatte immer noch das gleiche Übelsein, Kopfweh und Schwindel. Und nun gar keinen Appetit mehr. Die einen rieten ihm dies, die anderen jenes.

»Schäm dich vor den Weibsleuten, ›Langer‹!«, riefen sie ihm zu. »Und noch ein Zigarrenmacherssohn dabei! Hahn, der Bub blamiert dich!«

Aber ob er sich auch den besten Willen gab, es half halt nicht. Er fühlte sich schwach und elend und konnte sich kaum auf den Beinen halten. Am liebsten hätte er sich in eine Ecke legen und schlafen mögen, schlafen, schlafen, schlafen, sieben Tage und sieben Nächte lang, und noch länger.

Doch er musste bleiben; für Vater und Mutter und die Geschwister musste er sich überwinden.

Die Mutter kochte ihm manchmal ein Ei extra, das stärke mehr als Wurst und Käse.

Aber es schien ihn nicht viel mehr zu stärken. Er fühlte nicht, dass seine Beine kräftiger davon wurden. Sie schlotterten ihm mit jedem Tage mehr unter dem Leib. Er schleppte sie mehr, als sie ihn trugen. Und der Kopf sank ihm ganz auf die Brust, und sein Rücken wurde rund wie bei einem alten Mann.

Bald ginge es nicht mehr. Die ganze Welt ging schon mit ihm herum. Besonders wenn er in der Fabrik war. Wenn er in die frische Luft kam, dann war ihm jedes Mal, die Frische ströme durch tausend Löcher in ihn ein und stäube und kühle seinen Kopf aus. Aber nur ärger kam dann die Schwäche.

Eines Tages ging es nicht anders, er musste liegen bleiben. Er dachte immer noch daran, Zigarrenarbeiter bleiben zu können, wegen des Vaters und der Mutter und der Geschwister. Er schämte sich auch, er wollte nicht so schwach sein. Die Mutter weinte. Ihr war eine Hoffnung verloren, auf die sie so viel gesetzt hatte.

»Man meint, du wärst Vornehmleutekind!«, höhnte der Vater.

Aber er konnte kaum die Ohren recken und konnte nichts dazu sagen.

»Da wird der Franz einmal ein anderer Kerl!«

Ja, das würde er wohl. Er möchte am liebsten sterben.

Er dachte nach, was er denn sonst werden könnte. Er fand nichts. Nichts, wo er Geld verdiente, und was man, ohne Geld zu haben, werden konnte. Kein Geschäft, das war ausgeschlossen. Nichts, wobei er hart arbeiten musste. Das konnte er nicht. Es war auch sonst keine Fabrik am Orte, in die er hätte gehen können. Und Fabrik war doch das Einzige, wo er gleich Geld verdienen und zu Hause mit seinem Verdienst beispringen konnte.

Was er eigentlich wollte, was im Herzen sein stärkster Wunsch wäre, das wurde nicht wach. Das hätte nicht wach werden dürfen.

Schließlich fiel ihm ein, wenn er Schreiber werden könnte. Das war zwar sehr hoch verstiegen. Aber er hatte immer eine gute Handschrift gehabt. Das Sitzen würde hoffentlich seiner Brust nicht schaden, zum Stehen am Pulte wäre er schließlich auch groß genug, und so wäre vielleicht seine Länge etwas Vorgesehenes in seinem Leben, daraus er seinen Nutzen haben sollte. Eigentlich waren ja Vater und Mutter gar nicht groß, und da er dennoch so in die Höhe geschossen war, so musste es doch für irgendwas wert sein in seinem Leben. Und für nichts und wieder nichts konnt's doch auch nicht sein, dass er den Tabakgeruch nicht vertragen konnte.

Wenn ihn nur ein Geschäft aufs Bureau nähme! Vielleicht der Weinhändler Höhnlein – oder der Bürgermeister?

Er baute Luftschlösser. Dann fiel ihm plötzlich wieder das Herz in die Schuhe: wenn er niemand fände, der ihn wollte!

Am Ende gar, weil er so lang und schmal war und so übel aussah, so mager und bleich, und so große Ringe um die Augen hatte, dass sich die Leute genieren mussten, ihn auf dem Bureau zu haben und vor anderen sehen zu lassen.

Das schoss ihm aber nur so durch den Kopf.

Schwerer machte ihm ein anderer Gedanke: Zum Schreiber brauchte er bessere Kleider. Daran fehlte es ihm. Er hatte zwar seinen Nachtmahlsanzug, der ja ganz gut war. Wenn er den jeden Tag anzöge, wäre er aber bald hin. Darüber sann er nun nach. Ach, dachte er zuletzt, bis dahin hab' ich dann so viel verdient, dass ich mir eine Hose, dann Rock und Weste anschaffen kann, und wenn ich mal Schreiber bin, da brauch' ich auch nicht gleich zu bezahlen, denn dann hab' ich mehr, als nur mein ehrlich Gesicht, denn ein Schreiber, das ist doch was!

Er getraute sich noch nicht, es dem Vater zu sagen. Der würde ihn schön anschnauzen und von dummen, eingebildeten Possen reden, und dass er zu hoch hinaus wollte! Aber er musste in den sauren Apfel beißen.

Endlich teilte er dem Vater seinen Entschluss mit.

Er sagte so: »Vater, ich will dir was sagen, ich darf, glaub' ich, doch nit mehr in die Fabrik gehen, es gibt die Schwindsucht am End': Dazu, wo ich so eine schmale Brust hab'.«

»Wer hat dir denn den Unsinn eingeredet?«

»Ich spür' das selbst. Ich will Schreiber werden, das ist besser für mich und für euch. Ich glaub' auch, da kommt man eher zu was, und ich will auch ordentlich fleißig sein und mich dahinter halten, dass ich was für euch übrig behalt'.«

Dem Vater leuchtete das zwar ein; aber sein Zigarrenmacherstolz sträubte sich noch.

»'s ist ein Schimpf und eine Schand', wenn man einen Bub hat, der noch nit mal werden kann, was man selbst ist, und einem sein ehrlich Geschäft verachtet, weil er höher hinaus will und Possen im Kopf hat.«

Damit ging er. Aber er überlegte sich doch die Sache in aller Ruhe und fand, dass es gut wäre, wenn's dem »Langen« gelänge.

Er fragte auf dem Bureau der Fabrik, ob da kein Platz wäre. Aber es war nichts. Ein wenig sank ihm dabei der Mut. Wenn am Ende gar keine Stelle zu finden wäre! Durch seine Nachfrage auf dem Bureau war die Sache nun bekannt geworden, und wär's hintennach nichts, so käme der Spott haufenweise.

Auf der Bürgermeisterei war's auch nichts, schließlich nahm der Weinhändler Höhnlein den »Langen« an. Kein großer Verdienst, aber ein Anfang.

Der »Lange« war froh.

»Na, nun bist du was Vornehmes!«, knurrte der Vater.

Aber der »Lange« hörte darüber hinweg.

»Elend ist's doch«, sagte der Vater, »'s hat nur schönere Kleider an und riecht nit nach Tabak, dafür hat's Tintenflecken.«

Der »Lange« blieb schweigend.

Er wusste nicht, was es war, in ihm war noch etwas erwacht, das war weh und unbefriedigt. Nun war er Schreiber, und soviel das war, es war ihm nicht genug. Er wollte noch etwas anderes. Sein Herz hing noch an etwas, verlangte nach etwas, das ihm nicht klar und deutlich wurde. Er schalt sich. Er hatte gemeint, wenn er die Schreiberstelle hätte, dann würde er jubeln und jauchzen und ein Federchen in die Luft blasen. Und nun lief er herum und wartete auf etwas, das viel besser wäre und schöner und ihm alles gäbe, was er gewollt und gewünscht hatte.

Aber das käme ja nie, das war nur so in ihm und war gar nicht recht.

Er war ein armer Teufel und musste zufrieden sein mit dem, was er hatte. Es war ja schon mehr, als andere hatten.

So ging er jeden Tag auf sein Bureau, nahm dabei die Post mit, schrieb Bogen um Bogen voll, kopierte Rechnungen und schrieb Offertbriefe und hatte eine halbe, stille Verzweiflung in der Seele, die er niemand verriet.

Wenn er zurückdachte, am meisten Dank schuldete er doch dem Anton Ambach. Ohne den war' er geblieben, was er war. Der hatte ihm die Hand zum ersten Schritt geboten, herauszukommen.

Der Ambach war ein Leineweber gewesen, der letzte am Orte. Auf den Kirchweihen spielte er das Althorn. Aber sie ließen ihn nicht recht aufkommen in der Kapelle, obgleich er mehr von der Musik verstand, als die anderen alle. Es war dieser krakeelige Bottjakob, der die erste Geige spielte und der den Ambach immer unten hielt. Da war er's eines Tages satt und gründete seine eigene Kapelle, aus lauter jungen Leuten, die den Alten schon überlegen werden sollten. Der Bottjakob würde sie ja beschimpfen, wo er könnte, aber wenn sie was leisteten, dann könnt' er sein böses Maul gebrauchen, soviel er wollte.

So war der »Lange« an den Kontrabass gekommen. Viel dabei gedacht hatte er sich nicht, als der Ambach zu ihm gekommen war und für den Kontrabass angeredet hatte. Er war nun drei Jahre auf dem Bureau, und was er verdient hatte, war für Kleider und Schuhe und »die Kost zu Hause« verbraucht. Übrig war ihm nichts geblieben, obgleich er stets noch Schreiberarbeiten nebenher gemacht hatte. Es waren immer so viele Löcher zuzustopfen gewesen.

So war er froh, als der Ambach zu ihm kam. Es war ihm ganz unverhofft gekommen. Er hatte zwar immer die Musik lieb gehabt und sich manche trübe Zeit mit seiner Ziehharmonika vertrieben, die ein altes Familienstück war. Er hätte immer gern Musik gelernt, es hatte ihm immer das Herz daran gehangen. Aber das Verlangen danach war nie so recht deutlich geworden in ihm, er hatte es ja nie dürfen, und dann war's immer stiller und stiller geworden, und er hatte sich ins Leben dreingefunden. Das Alltägliche und Nötigste hatte dies ja so geboten, und er hatte nicht den Mut gehabt, trotz aller Beengungen und Forderungen darauf zu bestehen und sich's recht deutlich klar zu machen. Dann war ihm nur übrig geblieben, dass er, so oft er Musik hörte, stehen bleiben und zuhorchen musste und immer meinte, es ziehe ihm was ins Herz dabei, das sei wie Stocken oder rasches Feuer, und die Seele tat ihm danach weh. Aber er war ja so ein armer Teufel, und zu Hause war sein Verdienst so notwendig, da hatte er kein Recht zu etwas anderem, da musste er, was er wollte und wünschte, schweigend in sich begraben. Dass er seine alte Ziehharmonika hatte, das war doch gerade genug für ihn, und er musste zufrieden damit sein und froh dafür, denn wenn man nichts besitzt, so kommt einem auch nichts zu, das ist so in der Welt, und um etwas zu werden und Wünsche zu haben, darf man nicht als armer Teufel geboren worden sein.

Als der Ambach zu ihm kam, da fühlte er etwas in sich regen, ganz versteckt und verborgen wie unter einer dicken Schicht, die über das Lebendige gelagert war und darunter es schon beinahe ganz hatte ersticken müssen. Was ihn jetzt noch am meisten lockte, war der weitere Verdienst, der ihm in Aussicht stand. Zehn Mark brachte doch jede Kirchweih gewiss ein.

»Du hast die richtige Länge für den Kontrabass«, hatte der Ambach gesagt – »wenn auch nicht gerade die Dicke«, denn er machte immer gern sein Späßchen – »und das Kontrabasslernen kost' dich weiter kein Geld, das ist nicht wie bei den anderen Instrumenten. Das Instrument selbst besorg' ich dir vorläufig, die Noten auch. Du kannst dir noch was verdienen mit dem Notenabschreiben über Winter hin, und bis die Kirchweihen im Frühjahr losgehen, haben wir schon Einnahmen, und du trägst mir dein Teil ab.«

Es war ganz richtig und gut vom Ambach und leuchtete auch ein.

Der »Lange« strich also den Kontrabass. Es war kein groß Kunststück dabei. Es war ihm sogar ein bisschen langweilig manchmal, immer nur das Hum-da-da, Hum-da-da; aber wenn sie alle zusammenspielten, so trug auch das sein notwendig Teil zu dem Stück bei, dass es herausgebracht werden konnte, wie es sein sollte. Freilich, wenn der erste Geiger losließ, freilich, das war anders! Der hatte die Melodie und noch etwas von dem der Hahn nicht wusste, was es war, aber das er allemal empfand, als hätt' ein Mairegen den ganzen Boden aufgetan, und es käme überall daraus hervor wie Geruch und Wärme und Feuchte, dass einem ganz wonnig und schwindelig wurde vor lauter Wohligkeit. Aber das war halt der erste Geiger; danach konnte er nicht verlangen, der hatte die teuren Stunden genommen und der nahm noch weiter Stunden – das war etwas, das stand ganz hoch über ihm, danach durfte er nicht greifen wollen. Es war ja schon viel, dass er den Kontrabass streichen und so sein Teil zugeben durfte, und war das auch nur das ewige Hum-da-da.

Aber doch – wenn er die Geige spielen könnte! Das rüttelte ihn nun aber nicht mehr so sehr, es drängte und trieb auch nicht mehr in ihm so stark.

Einmal war ihm ein merkwürdiges Nachdenken über sich gekommen.

Er war mit dem Ambach in der Stadt gewesen, Noten kaufen. Sie hatten vor mehreren Musikalienläden gestanden, Geigen hatten da gehangen, Klarinetten, Flöten und Hörner waren ausgelegt.

»Es ist doch schade«, hatte der Ambach gesagt, »dass man das Zeugs nit all' kaufen kann, da liegt's ewig im Laden drin und wird nie gespielt, und was in ihm steckt, das kommt nie aus ihm heraus, denn die Musik steckt doch in jedem Instrument. Von den Geigen aber wird mehr als eine zu Lebtag nit gestrichen, und manch' Flöt' wird nit geblasen werden, und sie wären doch gerade so gut wie die anderen, vielleicht noch besser.«

Da war es dem Hahn wie ein Schleier vor den Augen geschwebt, und er hatte lange die Instrumente angucken müssen.

Es sind halt Instrumente, die nichts selbst tun können, hatte er gedacht, man ist auch nit viel anders, besonders wenn man arm ist. Das Armsein das schläfert einen so ein, dass man auf einmal nit mehr den Mut hat, was fest zu wollen, und dass einem das, was man will, selbst gar nit recht wach wird. Die Stimme, die vielleicht auch in ihm war, die hatte aber auch so immer still sein müssen.

Und dann wurde ihm wieder alles ziemlich unklar, was er fühlte, und er war dem Ambach nur noch dankbarer, dass er seinen Kontrabass spielen durfte.

Wenn er oben aus dem Orchester neben seiner großen Bassgeige stand, spindeldürr, hoch wie eine Hopfenstange, und den großen Bogen hin und her über das mächtige Ungetüm strich, da lachten die Mädchen und Burschen, die Jungen und die Alten.

»Der lange Hahn, man meint, die Bassgeig' müsst' ihn fressen! Dünn ist er wie ein Stock, man meint nicht, dass er mit seinen weichen Federfuchserfingern die dicken Saiten herunterbringen könnt', denn die sind doch wie die Batzenstrick'!«

»Nu ja«, sagte dazu ein anderer, »aber streichen tut er seinen Bass, wie gesagt, fein! Und ihr müsst nit meinen, der Bass wär' etwas so Geringes in der ganzen Musikmacherei. Die sollten mal da oben den Bass nit haben, da könnt' ihr's bleiben lassen mit dem Tanzen!«

»Habt ihr schon gemerkt, der ›Lange‹ spielt fast alles auswendig. Er guckt mehr in den Saal als auf die Noten. Die Noten braucht der nit, der hat alles im Gehör. 's will als was heißen!«

»Der lange Hahn hat schon in der Schul' am besten gesungen – Kunststück für den, den Bass zu kratzen – und wie er auf seiner alten Harmonika gespielt hat, trotzdem sie so viel pft! ftft! Gemacht hat, 's hätt's ihm mal einer nachmachen sollen!«

»Ja, vom Hahn hängt da oben alles ab. Macht er langsam, müssen die andern auch langsam machen, macht er schnell, bleibt ihnen auch nichts anders übrig.«

»Sünd' und schad' ist's, dass dem sein Vater nichts hat an den hängen können, der war' doch noch ein ganz anderer Kerl geworden, als der alte Limbach selbst. Und gar als dem seine Buben. Denn dem seine Buben sind ja gegen den Alten doch nichts, und dem Alten sein Talent haben die nit geerbt.«

Dann guckten alle wieder hinauf, wo der Hahn stand und seinen Bass sägte, und einer sagte:

»Aber 's ist zum Schiebeln, wenn man ihn so sieht, wie dünn er ist und wie dick sein Bass, 's ist grad', als wollt' ihn der Bass im nächsten Augenblick aufpacken und mit ihm davonhumpeln, anstatt dass der Hahn morgen früh seinen dicken Bass auf seinen dünnen Buckel nimmt und mit ihm heimtrottet.«

Nach solchem Hin- und Hergerede und Besserwissen waren alle so von dem »langen Hahn« begeistert, dass sie ihm eine Flasche Wein hinaufschickten zur Stärkung.

Aber der Hahn war ein guter Kerl und teilte seinen Wein mit den Kollegen. Am liebsten freilich hätt' er die Flasche eingesteckt und seiner kranken Mutter gebracht, die hätte ihn am nötigsten gehabt. Aber wenn die Nacht herum war, da hatte er seine zehn Mark verdient, dafür sprang auch noch eine Flasche Wein für sie heraus.

Das machte ihm das Gemüt heiter. Dabei gewann er seinen Bass immer lieber. Er war wie eine melkende Geiß im Stall, ein treuer Freund und Helfer in der Not.

In dem langen Hahn war doch eine Unruhe geblieben. Das Hum-da-da mit seinem Brummbass war ihm nicht genug, das bisschen Kirchweihmusik befriedigte ihn nicht. Vom Militär war er wegen zu schmaler Brust freigekommen. Nun hörte er ein merkwürdiges Rufen in sich. Nicht laut und groß, nicht sehr deutlich auch, aber er verstand's. Er verstand's so, dass es hieße: »Die gewonnene Zeit benützen, über das Hum-da-da hinauskommen! Der große Bass müsse auch noch für Besseres da sein, müsse Besseres leisten können!«

Er zog vor wie nach mit den andern auf die Kirchweihen hinaus. O, so in der Morgenfrühe, wenn der Tau auf den Feldern glänzte, wenn die ersten Lerchen stiegen, wenn die Weißen Nebelgestalten über die Wiesen zogen, wenn dann der Wald groß und dunkel, mit dem tausendfältigen hellen Glanz zugleich, der wie blinkende Steine und Perlen in einem großen samtenen Mantel war, wenn der oben auf den Höhen aus dem Grauen aufstieg, so hoch, so hoch ins Klare, darin das Sonnenlicht flutete, o, da hätte er seine Bassgeige vom Rücken nehmen und mit ihr tanzen mögen, und sie hatte singen müssen, in einer tiefen, vollen beweglichen Stimme, die trillern konnte und Akkorde hatte und lange, lange Läufe, fast wie die erste Geige, und ihre ganze Freude und ihren ganzen Jubel über die Morgenschönheit, die das Herz schwellte, auch ausdrücken konnte, und aber auch den Zorn und den Groll über das garstige Leben herausbrachte, den die Geige immer nur kreischte, den sein Bass aber zu wettern verstehen müsste, dass die Berge ins Zittern kämen!

So dachte er und ging den andern nach. Denn am liebsten ging er allein.

Zu Hause aber, da tat er noch eines mehr, davon die andern nichts wussten. Da versuchte er aus seinem Brummbass die Stimmen herauszulocken, die er aus ihm haben wollte. Er hatte sich ganz andere Noten gekauft, als die Kirchweihtänze, die der alte Limbach besorgte.

»Pfui Teufel!«, hatte sein Vater geflucht, »ist das ein verdammtes Geschrupp im Haus. Hören und Sehen vergeht einem dabei!«

Aber dem »Langen« ging's ein wenig, wie damals, da er hatte, Schreiber werden wollen: Er hielt daran fest. Er war nun noch fester und zäher als früher und übte trotz Misslingen und Schimpfen mit Ausdauer. Es war nichts Ängstliches und nichts Bängliches in ihm. Es war ihm nur, er würde ganz langsam geschoben, und er käme ganz langsam ein Stückelchen weiter. Er müsse nur an etwas Fernem festhalten, das ihm zwar nicht greifbar war in heller Deutlichkeit, das er aber doch unbestimmt im Dunkeln erfassen könne. Und ganz langsam müsse es nun immer so weiter gehen, bis er da wäre, wo es ihn nicht mehr schiebe und wo er halten könnte.

So übte er tapfer.

Dann kam eines Tages der Advokat Doktor Obernhaus, der aus dem Orte gebürtig war, zu ihm und wollte ihn sprechen. Sie verhandelten lange miteinander. Als der Advokat ging, war der »Lange« von ihm als Schreiber engagiert. Er kündigte seine Stelle, und nach ein Paar Wochen trat er seinen neuen Posten in der Stadt an.

Inzwischen war der Franz in die Höhe gekommen und die Lotte auch, da konnte er von zu Hause weggehen. Mithelfen konnte er ja jetzt noch mehr als früher, denn er bekam doch ein ganz anderes Gehalt.

Seinen Brummbass nahm er aber auch mit.

»Wenn ich dich mal brauch' zum Aushelfen«, hatte ihm der alte Ambach gesagt, »dann wirst du's doch tun und wirst nit zu stolz sein dazu!«

Er hatte es ihm versprochen.

Nun, da er in der Stadt war, fühlte er, dass das sachte Schieben nicht aufgehört haben könnte. Er meinte sogar, es müsse noch ein wenig stärker geworden sein. Und manchmal war ihm auch, er könne schon fast fühlen, wohin es ginge. Aber das Ziel ward doch noch nicht deutlich genug.

Er schrieb tagsüber, und abends übte er seinen Bass. Die Stadt brachte ihm noch den Vorteil, dass er nun Musik hören konnte, wie er es gerne wollte. Freilich musste er sich die Pfennige dazu am Munde absparen, denn so viel mehr als daheim steckte er in seiner neuen Stellung doch nicht auf; Wohnung, Kost, Kleider, alles kostete mehr. Aus dem Entbehren war halt schwer herauszukommen.

Aber es war ein Gefühl in ihm, das es ihn gern und leicht tun ließ: Dieses Gefühl galt seinem Bass, den er gern hatte, wie ein erster Geiger nur seine Geige haben konnte. Denn nun war er's gewiss geworden, dass der Bass wirklich noch einen anderen Wert habe, als nur Takt und Humdada seiner Kirchweihtänze. Es waren schon Leistungen, die den Bassstreichern in den Opern und Konzerten zugemutet wurden.

Er nahm Stunden. Es war doch nicht vergebens gewesen, was er zu Hause geübt hatte.

Er schrieb ganze Nächte durch an Privatarbeiten und nahm ein schönes Geld ein. Es ging all' für Stunden drauf. Etwas legte er auch zurück, denn zu Hause rückte ja schon all' die Jahre her eines ums andere von den Geschwistern als Hilfe nach. So reichte es ihm eines Tages aus, dass er seine alte Bassgeige gegen ein besseres Instrument umtauschen konnte.

Ein langer Winter ging so in Arbeit, Entbehrung und Studium hin. Sein Lehrer, der Mitglied des Theaterorchesters war, betrieb nun die Stunden noch eifriger. Bis Ostern werde eine Bassistenstelle im Orchester frei, ob er sich melden wolle?

Das Gehalt war freilich gering, geringer als sein Schreibergehalt. Aber wie konnte der Lehrer nur fragen! Er würde sich unter allen Umständen melden, und wenn er noch dazu bezahlen müsse – und wenn er alle Nächte durchschreiben müsse.

Er wusste es auf einmal deutlich und klar, dass dies das Ziel war, dahin es ihn geschoben hatte, dahin er gestrebt hatte, ohne es zu wissen.

Wenn er manchmal denken wollte, er habe das den Umständen seines Lebens zu danken, so wehrte er sich dennoch dagegen. Die hatten wohl mitgeholfen, aber schließlich wenig genug. Wenig genug waren sie gewesen. Wenig genug waren sie frei geworden. Immer waren sie durch die ungünstigen Verhältnisse gebunden gewesen. So hatte er sich's zu danken, was er erreicht hatte, und wer weiß, wer konnte es wissen, wenn ihm alles günstiger gewesen wäre, ob er nicht mehr erreicht hätte!

Zum ersten Male empfand er ein eigenes Wert- und Kraftgefühl, fühlte sich Mensch und frei, fühlte von dem, was er tat, auch einen Wert für sich und nicht nur den Verdienst- und Nützlichkeitswert, fühlte Liebe! Und Respekt!

Er hatte es nie glauben können, was es hieße, etwas vor sich selbst zu gelten, wie niedrig und gering es auch noch sein mochte; aber etwas gelten! Das war wie ein großer, tiefer Atemzug. Das war wie ein Morgen auf freiem Felde.

Er fühlte nun erst das Leben, das in die Höhe hob, statt immer nur herunterzuzwingen und zu bedrücken, und das nicht nur verächtlich war, das man auch lieben konnte.

In solcher Stimmung und mit solchen Gefühlen trat er als Mitglied in das Theaterorchester ein und stand nun stolz in der Reihe der Kontrabässe, die wie eine Grundmauer für das ganze Orchester in der hintersten Reihe aufgebaut waren.

Es war und blieb ja ein armes Leben. Kleiner Gehalt und keine Privatstunden. Ein bisschen Notenschreiben nebenher, so schlug er sich durch.

Wer arm geboren ist, der muss sein Lebtag arm bleiben, das ist so in dieser Welt, sagte er sich.

Aber er hatte nun doch die Liebe zu seinem Bass und hatte seinen Stolz, ihn immer besser zu streichen und immer geschickter auf ihm zu werden. Das half über vieles hinweg.

Zu Hause waren sie wohl stolz auf ihn, aber sie fanden es doch dumm, dass er seinen schönen Schreiberposten aufgegeben hatte für eine Musikantenstelle, die eher geringer als besser war.

»Schließlich ist ein Schreiber doch auch ein Herr!«, hatte die Mutter gemeint. »Man muss nicht zu hoch hinaus wollen.« Sie war alt und begriff das nicht, was in ihm war. Er aber war nun in den Dreißig schon, da konnte man stillschweigen, auch wo man gerne geredet hätte.

In der Stadt kannte ihn jedes kleine Kind. »Der lange Hahn«, sagten sie, wenn sie ihm auf der Straße begegneten. »Der lange Hahn« hieß er auch im Orchester. Es war selbstverständlich, dass er so hieß.

Besonders in den Symphoniekonzerten, da sah man ihn gleich. Er stand seit einiger Zeit auch noch genau in der Mitte, gerade dem Kapellmeister gegenüber. Da fiel er gleich ins Auge.

Man lächelte, wenn man ihn sah. In seinem schwarzen Gehrock mit der weißen Brust und dem hohen Kragen, das lange, schmale Gesicht, seine Gestalt, so hoch wie die Bassgeige und fast noch einen halben Kopf mehr, das blasse, welke Gesicht mit den vielen Falten, nur ein paar hellblonde Härchen auf der Oberlippe, die langen Arme mit den langen Händen, die langen strohblonden Haare, die ihm tief in den Nacken fielen, so sah er neben seinem dicken Instrument jetzt noch komischer aus als früher im Tanzsaal. Und wenn eine Stelle war, wo er seine Geige recht tüchtig bearbeiten musste, der große Bogen nur so hin und her sprang und die Linke an dem langen Geigenhals nur so auf und nieder jagte, die Geige die schwierigen Läufe herunterbrummte und dabei hin und her wackelte, da konnte man meinen, im nächsten Augenblick müsste sie's müde sein, von dem dünnen Wüterich da neben sich so drangsaliert und malträtiert zu werden, und sie müsste ihren großen Bauch auftun und ihn verschlucken, und er müsste darin verschwinden, wie ein Lineal, das man in einen weiten Ärmel versteckt hat und das darin verschwunden ist, plötzlich, man weiß nicht wie.

Aber der lange Hahn war stärker als das Ungeheuer neben ihm, und er fuhr manchmal so gottserbärmlich auf ihm herum, dass es raspelte und wimmerte und sich ihm danach ganz erschöpft an die Seite und in den Arm legte und ruhte und ein gutes, glänzendes Gesicht machte dafür, dass es ruhen durfte.

Der »lange Hahn« war noch Junggeselle. Die Lust zum Heiraten war ihm immer noch nicht gekommen. Er hatte Angst davor.

Die Zeit für eine Frau, meinte er, habe er verpasst. Mit jedem Jahr käme er den Vierzig eins näher, und da sei für die Liebe keine Zeit mehr.

Da bekam er eines Tages mal einen Brief:

Lieber Herr Hahn!

Drei Jahre lang seh' ich Sie schon, alle Donnerstage, im Symphoniekonzert, mit Ihrer armen Bassgeige umspringen. Dicker sind Sie nicht dabei geworden, im Gegenteil. Es kann einem in der Seele wehtun, wie dünn und dürr Sie sind. Sie müssen gewiss keine ordentliche Pflege, keine kräftige Kost und richtige Versorgung haben. Man meint ja nicht, dass Sie den großen Bass mit Ihren Spinnearmen noch mantenieren könnten. Ich mein' drum, Sie sollten heiraten, und ich mein's ehrlich gut mit Ihnen. Um noch große Sprünge zu machen, sind Sie zu alt, da kann's Ihnen gar nicht schaden. Ich bin auch nicht mehr jung, und so passten wir sehr gut zueinander. Dass Sie so lang und so dünn sind, tät mich nicht weiter genieren, ich wollt' schon sorgen, dass

Sie dick werden täten. Im Kochen kenn' ich mich aus wie keine, und ich kann's gut und sparsam, wie sich's für eine gute Hausfrau gehört. Und ein paar Mark Gespartes hab' ich auch. Wenn Sie wollen und meinen, es wär' gut für uns alle beide, so kommen Sie am Sonntagnachmittag um drei Uhr in die Anlage, wo der »Vater Rhein« liegt, da erkennen Sie mich an meinem neuen Umhang, schwarz mit Spitze und Seidenband, und meinem Samtkapottchen mit einem rosa Reiher.

Ihre, Sie sehr verehrende und bedauernde
I. M.

Der Hahn lachte erst, dann ärgerte er sich und fasste die Sache als einen Scherz auf, den die Kollegen sich mit ihm erlaubt hatten, dann kam er davon ab und lachte wieder, dann fing er an, die Sache ernst zu nehmen und sie sich zu überlegen, dann leuchtete sie ihm mehr und mehr ein; – dann schüttelte er sie wieder ab, dann wurde er ungeduldig und konnte zuletzt den Sonntag nicht abwarten und lebte schon ganz in der Vorstellung, wie er ein gemütliches Heim, einen gut gedeckten Tisch, Sauberkeit und häusliche Ordnung hätte, und wie's ihm endlich, wenn auch bescheiden, wohl erginge im Leben, besser, als man's an seiner Wiege hätte ahnen können, wie man ja überhaupt nicht denken konnte, dass ihm so viel, wie er erreicht hatte, in die Wiege gesungen war. Eine Frau um sich, das konnte er sich freilich gar nicht vorstellen, zumal er ja auch keine kleinste Ahnung hatte, wie sie äußerlich aussehen könnte. Aber schließlich gefiel er sich doch darin, sie sich als etwas Warmes, Gutes, Freundliches und Gemütliches zu denken, das einen recht in der Hut halte.

Er war beunruhigt, sein Sinn war abgezogen von dem, was ihm sonst am liebsten war. Er war zerstreut und unsicher und meinte, das Leben habe nun auf einmal so viel Unerledigtes für ihn gelassen, er könne das kaum all' bewältigen, und er wisse nicht, wo beginnen. Dabei war doch alles für ihn wie früher, nur dass ihm für den Sonntag die Begegnung bevorstand, vor der er ein wenig Angst hatte und die er doch eigentlich nicht versäumen wollte.

Am »Vater Rhein« traf er also die Josephine. Sie erkannte ihn natürlich zuerst. Anfangs standen sie einander gegenüber und wussten nicht, was sie sagen sollten.

Endlich begann die Josephine:

»Es leuchtet Ihnen doch ein, Herr Hahn, was ich Ihnen geschrieben habe?«

»Ja, es leuchtet mir ein!«

»Ich hab' nun auch bald die Vierzig, da denkt man, dass man sich versorgen müsse. Bei fremden Leuten immer, das muss einmal ein End' haben. Ich bin frisch und gesund und kann auch noch lustig sein. Ich mein' auch, dass ich Ihnen was Rechtes tun müsst' und eine vernünftige Hausfrau sein könnt'. Sprünge werden wir ja beide nicht mehr machen wollen, da sind wir zu gesetzt dazu. Das Wirtshausleben werden Sie ja auch müde sein. Es ist keine rechte Kraft in der Kost und gibt einem auch nicht, was doch jeder braucht, seine rechte Ruhe.«

Sie waren währenddessen ein paar Schritte auf und ab gegangen.

»Ja«, sagte er gedankenlos, »das Wirtshausleben ist nicht angenehm.«

Sie gingen ein paar Schritte weiter.

Die Josephine wusste beständig etwas zu sagen; er fand keine Worte. Ihm war, als laufe er unter einem klatschenden Regen her, und er müsse sich beständig ducken, wie er so niederprasselte.

Sie gingen langsam in den Anlagen weiter.

Er war sehr geniert. Er hörte Stimmen und erschrak.

Knaben rannten an ihnen vorbei.

»Der lange Hahn!«, sagten sie zueinander.

Er fand endlich Zeit, die Person neben sich ein wenig zu mustern. Sie war sauber und nett, gut angezogen, ohne zu sehr geputzt zu sein, und schien ihm sehr beweglich.

Sie sprach von ihren Stellen, von ihrer jetzigen Herrschaft, dass sie's ja eigentlich gut habe, dass der Mensch aber immer selbständig sein wolle.

Ja, das begreife er gut.

Sie sagte, sie heiße Josephine Müller, und wenn er sie Josephine nennen wolle - einmal sei sie von einer Herrschaft auch Phinchen genannt worden. - wenn er sie Josephine nennen wolle, so dürfe er das.

Wie er denn heiße?

»Alois Hahn!«

Sie werde ihn dann Alois nennen.

So nannte er sie Josephine und sie ihn Alois. Erst immer noch Sie. Dann nahm sie seinen Arm. Sie war ja nicht klein, aber sie musste doch in die Höhe reichen, um sich bei ihm einhängen zu können.

Es war ihm furchtbar genierlich, und er schämte sich ordentlich.

Sie sei ja nur eine Köchin und er ein Künstler, sie wisse das wohl, sagte sie; aber sie sei von guter Herkunft und habe sich ordentlich gehalten und auch ein paar Hundert Mark gespart. Weil sie ihm immer gern zugesehen hätte, wie er seine Bassgeige gestrichen, und weil ihr das so gut gefallen hätte, und weil sie so viel Mitleid zu ihm gefühlt habe, da habe sie sich die Courage genommen und habe ihm geschrieben und gedacht, es käm' nicht auf Vornehm und Gering in der Welt an, sondern dass man ein ordentlicher Mensch wäre und es auch ordentlich mit den Menschen meine.

Sie kehrten zusammen ein und sagten nun auch du zueinander. Er blieb immer zurückhaltend, fürchtete beständig etwas und wusste nicht was und konnte sich in die Situation nicht finden.

Ihr war alles leicht.

Gegen Abend kehrten sie in die Stadt zurück und machten gleich die nächste Zusammenkunft aus.

Als sie voneinander gegangen waren, drehte sich die Josephine noch ein paarmal um, er aber ging gedankenvoll seinen Weg weiter, ohne den Kopf zu wenden.

Er wusste nicht, wie ihm war. Er war sich gänzlich fremd. Er meinte, er wäre in lauwarmes Wasser untergetaucht gewesen und hätte alles um sich vergessen gehabt, und die lauwarme Flüssigkeit hätte ihn schmeichelnd umplätschert und er sei immer tiefer und tiefer in sie hineingesunken und sie wäre ihm fast über dem Kopfe zusammengeschlagen. Da habe er sich gerade noch zu rechter Zeit in die Höhe schaffen können, und so laufe er nun wie ein Verirrter da seinen Weg hin und sei ganz irr und erkenne alles um sich nicht mehr und wisse nicht, was links und rechts um ihn sei.

Es war zu viel auf einmal, zu viel für einen armen Kerl, wie er einer war.

Die Kollegen hatten ihn schon beglückwünscht, ernst und spöttisch, je nach der persönlichen Art.

Der Hahn begriff gar nicht. Sah man's ihm denn an, dass er sich mit der Josephine traf, auch manchmal schon etwas von ihr zugesteckt bekommen hatte, eine Kotelette mal, mal ein Schnitzel, auch mal Süßigkeiten, und so genierlich es ihm auch gewesen war, es hintennach doch mit gutem Appetit verzehrt hatte, sah man denn das gleich an ihm? Oder kannten ihn so viele Leute? Na ja, viele Leute kannten ihn ja. Aber waren's denn so viele, die ihm nachspürten und auf ihn achtgaben?

Es war so ein Reiz und eine Süßigkeit darin gewesen, dass alles so heimlich war. Jetzt war ihm das genommen. Er war an das Nahe und

Nächste und Nüchterne erinnert: Verlobung, Hochzeit. Soviel auch zwischen ihm und der Josephine davon gesprochen worden war, soviel auch gerade sie ihm davon ausgemalt hatte, es war ihm doch seither nicht deutlich und nahe genug geworden.

Dazu kam jetzt noch, dass er schon die ganze Zeit in heftigen Unruhen und Kämpfen mit sich war.

Und nun noch dieser Vorfall auf der Probe. Der Kapellmeister hatte ihm bei der Symphonie von Beethoven unwillig zugerufen: »Grollender, zorniger, polternder, Hahn! Dem Beethoven ging's nicht so gut wie Ihnen! Und an der Stelle hat er sich Luft gemacht, hart und fest das heraus!«

Das hatte ihm noch nie gesagt werden müssen. Und die Kollegen hatten gleich wieder auf sein »Verhältnis« angespielt.

Gewiss, es war halb die Ablenkung dadurch und halb schon die Wirkung des guten Lebens, von dem ihm die Josephine so eindringlich immer vorredete. Das würde er nicht vertragen können, das spürte er jetzt schon in sich, das würde ihm etwas nehmen und ihn verweichlichen. Sein lieber Bass würde das am ersten spüren.

Es gäbe Menschen, redete er sich ein, denen dürfe es nicht zu gut gehen. Er sei einer von denen.

Er trug das lange unruhig, hart und schwer mit sich herum. Er fragte sich aufs ehrliche Gewissen darüber. So hart und bitter hatte er die langen Jahre her gerungen, er durfte nun nicht leichtfertig hinwerfen, was er errungen hatte. Das wäre Verrat! Verrat an sich, an seinem Streben, an seiner Musik. Gegen ein bisschen Wohlleben sollte er das alles verkaufen! Gewiss, Armut drückte sehr, aber er wollte dennoch nicht für das bisschen Bessergehen das Beste hergeben, das er hatte, so wie's die Welt machte, die nichts wert und die leer war. Lieber arm und sich getreu bleiben, als ein Wohlleben und sich untreu sein.

Der Gedankengang fand kein Ende bei ihm und verspann und verstieg sich immer mehr. Er war förmlich in ihn hineingezwängt wie in einen Schraubstock. Von allen Seiten presste und zwickte und zwängte er ihn, und er litt bitter darunter.

Was wollte er eine Frau haben? Liebe? Er hatte eine Liebe, das war sein großer dicker Brummbass, der ihm stets so treu gewesen war von dem Tage an, da ihn der Ambach für ihn gewählt hatte, weil ihm nichts Besseres zukommen konnte, keine Geige und keine Bratsche und nicht das sanfte Cello, das seinem Basse so nahe verwandt war.

Und es entstand in ihm die Frage: die Bassgeige oder die Josephine? Die Antwort hätte er rasch geben können. Aber sie sollte doch erst erwogen sein, genau und gewissenhaft, denn sie schnitt ins Leben.

Zu Hause waren alle so weit versorgt. Die Eltern waren nun tot. Es frug sich nur noch für ihn allein.

Wenn's mit seinem Spiele rückwärts ginge, was könnte ihm dann noch ein Heim, eine Frau und ein gutes Leben helfen!

In den Pausen klammerte er seine Bassgeige fester. Er hielt Zwiesprache mit ihr.

Nein, nein, er wollte sie nicht lassen, er konnte nicht. Er war noch nicht lange erster Kontrabassist geworden, wie könnte er nun das Vertrauen täuschen, das der Kapellmeister in ihn gesetzt hatte!

Und dann noch: Er wollte ein Leben an seines binden. Das war eine Verantwortung! Die konnte er nicht übernehmen.

Es musste alles bleiben, wie es war. Es war gut so gewesen. Er hatte also seine Bassgeige gewählt. Ordentlich frei und fast gestärkt fühlte er sich, als sein Entschluss gefasst war.

Er schrieb der Josephine. Es war ein feiner, zarter, geschickter Brief. Die letzten Nachklänge von seiner Schreibertätigkeit bei dem Advokaten und sein ganzes, gutes, furchtsames Herz waren darin. Er schrieb ihr, dass er sie nicht glücklich machen könne und nicht unglücklich machen dürfe, dass seine Pflicht es ihm gebiete, ihr keine Aussichten zu machen, und dass er immer dankbar und treu sich ihrer erinnern werde und sie sehr um Verzeihung bitte.

Von da an war seine Seele, die einen kleinen Aufruhr als großen Sturm empfunden hatte, von keiner Unruhe mehr getrübt. Es war keine Freude, kein Jubeln und Jauchzen in ihm, nur ein friedliches Stillesein, in dem noch ein paar letzte leichte Zuckungen waren, wie ein ganz schwacher Puls.

Er dachte, dass er gut getan habe und dass es notwendig gewesen sei. Er brauchte keinen Trost. Er brauchte nur Schweigen.

Nun trat noch einmal die Pflicht an ihn heran und wollte seine Ruhe stören. Er wusste sie zu empfangen. Er war nicht mehr zu beirren.

Es war seine jüngste Schwester, die seine Hilfe suchte.

Er war ihr auf der Straße begegnet, zufällig. Aber sie mochte auf ihn gewartet haben, da sie nicht den Mut hatte, zu ihm heraufzukommen.

Sie sagte ein scheues, schüchternes »Guten Tag«. Er hörte gleich die Angst in ihr.

»Du hast mir gar nicht geschrieben, dass du kommen wolltest, Gretel!«

»Ja, ich hab's nit – Alois – erst – und dann – ich bin dann rasch zu dir hergefahren.«

Er ließ sie nicht weiterreden, er wollte sie nicht quälen. Es ist so hart, einen Menschen gequält zu sehen, dachte er.

»Hast du Hunger, Gretel? Willst du was essen, was trinken?« Sie bogen nach einer stilleren Seitenstraße.

Er sah nach der Uhr.

»Es reicht noch gut, ich muss ins Konzert.« Sie verneinte.

»Du wirst mich am Ende gleich wieder fortjagen. Du bist der vornehme Bruder, und wir sind so gewöhnlich geblieben.«

»Ich glaub' nicht, dass ich das verdient hab', dass du mir so etwas sagst.« Sie errötete.

»Es war auch nit so gemeint.« Es war ihm schwül.

»Wenn du nichts essen willst, dann geh mit mir ins Theater, in einer halben Stunde fängt das Konzert schon an.«

Sie ging neben ihm her.

»Du hast doch was, Gretel, das dich auf einmal zu mir geführt hat. Was ist's denn?«

»Es ist dir nicht recht, dass ich gekommen bin?« wich sie aus.

»Davon hab' ich wieder nichts gesagt.«

Er trat an die Theaterkasse und kaufte der Gretel ein Billett.

»Es ist dir doch recht?« Sie nickte.

Sie traten abseits in eine Nische.

»Was hast du denn?«, fragte er.

»Ich bin im Unglück, Alois!«

Da begriff er, und es flog ihm heiß in die welken Wangen.

»Du wirst mich jetzt fortjagen und hättest dir das Billett sparen können.«

»Wär' dir damit geholfen?«

»Ich könnt' dann in den Rhein gehen!«

»Für heut', Gretel, will ich weiter nichts wissen. Beruhige dich mal, morgen reden wir darüber. Ich will meine Wirtin fragen, ob sie dir auf ein paar Tage ein Zimmer abgeben kann. Wir werden dann sehen.«

Das Mädchen hing mit seltsamen, verwunderten Blicken an ihm. Es begriff ihn nicht. Er wurde nicht mal zornig, schalt sie nicht.

Er erklärte ihr den Weg zu ihrem Platz, er wollte zur Bühne gehen. Die Schwester blieb aber an seiner Seite. Nach ein paar Schritten hielt sie ihn fest und zog ihn in die nächste Nische.

»Ich kann nicht ruhen, bis ich dir's gesagt habe, Alois, du musst's doch wissen, eh' ich bei dir bleiben kann.«

Sie sah auf. Über der Nische hing eine weinende und eine lachende Maske. Die Gretel erschrak. Dann hielt sie sich mit beiden Händen das Gesicht zu, und so erzählte sie, wie alles gekommen war. Er hörte still zu.

»Will er dich heiraten?«

»Wenn er vom Militär frei ist!«

»Willst du ihn?« Sie zögerte.

»Bis dahin«, sagte sie, »ist es lang!«

»Bist du schlecht?«, fragte er.

»Dann wär' ich nicht zu dir gekommen,« und die Tränen standen ihr in den Augen. Er legte ihr die Hand auf die Schulter.

»Es ist gut und genug, Gretel, es wird sich schon alles finden.« Darauf trennten sie sich.

Er spielte, als läge alles in seinem Bass, Armut und Elend, Jammer, Groll und Anklage, und doch sei ein Grundton darin, darauf sich alles aufbaute und daraus alles erwuchs: das Gutsein.

Er sah ins Publikum, da saß die Josephine.

Sie hatte in ihrem Briefwechsel, der seiner Absage gefolgt war, das letzte Wort gehabt. Sie hatte geschrieben: »Du bist falsch und feig!«

Er war doch nicht feige. Seinen Mut hatte er nur nicht da, wo ihn andere Menschen haben.

Vielleicht würde das seine Schwester, die da irgendwo da oben saß, einmal besser wissen. Und wenn sie's nie verstände, er wüsste es doch von sich selbst, dass er nicht feige war und auch nicht falsch. Vielleicht nur verbrauchter war er als andere Menschen. Aber das lag an den Verhältnissen.

Dazu aber hatte er noch Kraft genug, zu helfen. So wollte er, soweit es ginge, dem armen, unglücklichen Wesen der Helfer sein, und wenn er sie und ihr Kind bei sich behalten müsse für immer. Sie hatten's notwendiger als die Josephine.

So war auch das gut geworden in ihm.

In der Pause sagte ein Kollege zu ihm:

»Du hast heute aber deinem Instrument wehgetan, Hahn. So braucht man sich nicht ins Zeug zu werfen. Oder tatst du's, weil deine Braut da unten saß?«

»Sage den Kollegen«, antwortete der Hahn, »dass ich keine Braut habe und dass ich das nicht mehr hören wolle. Ich habe keinem ein Wässerchen getrübt, sie sollen auch mir nicht wehtun. Bitte!«

Nun war ihm, er habe einen Schritt über vieles hinweggetan, und vieles habe er unter sich getreten. Und wo er stehe, das sei nun sein Platz, und da stehe er frei und fest.

Der Kollege sah ihn ernst an.

»So bitter?«

»Ja! Und wie ich dir's gesagt habe, so will ich's?«

»Das haben wir alle nicht gewusst, Hahn. Aber 's ist gut, du sollst deinen Frieden haben.«

Und so hatte er ihn. –

Der alte Musikant.

Den Alten hatte er schon zum Tanz aufgespielt – und jetzt spielte er auch den Jungen, den Enkeln, mit dem Frohmut und fast mit dem Feuer der Jugend. Und wo der alte Jakob Veit spielte, da ging's immer noch am lustigsten her, da war am besten tanzen. Da war auch der rechte Genuss, der den Alten immer eine liebe Freude, den Jungen eine reine Erinnerung blieb, weil in allem das rechte Maß war. Denn dafür sorgte schon der Veitjakob, und er genoss auch das Ansehen dazu. Er hielt auf Ordnung. Wenn er vom Orchester herunterstieg, sein schwarzbraun Samtkäppchen auf dem langen, grauen Haar und die große Stahlbrille auf der starken Adlernase, dann machte ihm jeder Platz, wie's nur dem Pfarrer geschah oder dem pensionierten Schullehrer Andreas Krafft, der schon der Eltern Lehrer gewesen war. Jakob Veit ging dann zu den Alten und machte seine Scherze mit ihnen – »Musikantenspäß'« nannten sie's –

und trank ihnen zu. Und er ging zu den Jungen, erzählte eine Schnurre und hing gefällig und unaufdringlich eine Lehre daran, die ihr Verhalten betraf. Dann nahm er auch gern das angebotene Weinglas, wenn er fröhliche Gesichter und helle Augen sah, stieß mit den Burschen an und mit den Mädeln und trank ihnen einen kräftigen Schluck zu. Lustig sein, meinte er immer, das sei das einzig Gute und Rechte - einem lustigen Burschen und einem fröhlichen Mädel, denen sei immer zu trauen - nur den Heimlichen nicht und den Kopfhängern. Die könnten nie abwarten, bis der Tanz zu Ende sei, um sich dann fortzustehlen - die aber eine rechte Lust am Tanzen hätten und sich dabei so aus ganzem Herzen freuen könnten, denen käme kein anderer Gedanke und arger Wunsch.

Dabei ging sein Köpflein flink wie bei einem Stärlein, und wenn er so ein wenig einhielt und mit den Lippen leise schmatzte, sah er jeden und jede im Kreise herum an, liebenswürdig scharf - denn einmal meinte er, man müsse mit der Jugend über alles reden - und reden können, das sei das Beste und einzig Richtige - und dann meinte er, nur bei einer offenen Rede könne man wirklich in die Herzen sehen. Und er tat's allemal.

Hiernach ging er beruhigt auf sein Orchester hinauf - denn er wusste, wie's bei der Jugend stand, und er kannte ihren Sinn. Er lächelte still vor sich hin, und beim nächsten Tanze sprang sein Bogen nur leichter und munterer über die Saiten. Dann sahen die Alten auf, lachten und lauschten; die Jugend aber ward noch fröhlicher. Veits Spiel ging dann allen ins Gemüt. Die Alten aber sagten: »Hört mal wieder den Veitjakob! - Wie der wieder - da hört nur mal! - Wenn der Veitjakob mal nicht mehr geigen kann, dann stirbt er! Dann stirbt er - das Geigen ist sein Leben!« -

Jakob Veit aber wusste, wie jetzt sein Spiel wirkte - er blickte über die Brille weg hinunter und nickte da und dort hin - und husch war ihm ein Lauf oder ein Triller oder Doppelschlag aus den Fingern gesprungen, keck zwischen die Melodie hinein. Und dabei sprang sein Herz mit.

Ja, dies Herz! - Das war das ganze Geheimnis von der Wirkung seines Spiels. Fröhlich hatte er sich sein Herz behalten, so recht kindlich und jung. Dass es immer nach dem Heiteren und Leichten verlangen musste, und immer das Heitere und Leichte auch fand. So hatte er sich's behalten in allen Lebenslagen.

Seine schönsten Freuden aber, die drückte er in Tönen aus, in ein paar ganz einfachen Tönen - in einem Triller, einem Lauf, einem Doppelschlag, wenn sie ihm wie lustige Lacher in die Stücke hineinsprangen. Und vieles von dem, was er spielte, war ja nichtssagend für sich, aber er sagte etwas damit. Das Unbedeutendste ward bedeutend in seinem Empfinden, und für alles hatte er die gleiche innige Hingebung und Liebe. Er liebte die Musik und lebte sie, und vor jedem ihrer Töne hatte er eine so hohe Achtung, dass er jedem den gleichen Wert gab und die gleiche Sorgfalt angedeihen ließ.

Und so war's gekommen, dass er alt und grau geworden war, aber jedes Mal kinderjung wurde, wenn er seine Geige strich. Und das hatte sich ihm auch auf alles im Leben übertragen. Er sah die Welt mit den Augen seiner Jugend an, und nur selten kam sie ihm anders vor. Ebenso selten berührte ihn eine Veränderung tiefer. Er sah in allem Leben das Lichte – und fielen Schatten in seine Seele, wusste er, wo er eine Zuflucht finden konnte und sein Heil. Dann geigte er eben so lange, bis es wieder hell ward in ihm. Für alles hatte er einen Trost in der Sprache der Töne, und von manchem guten Wort, das er zu sagen wusste, konnte man beinahe behaupten, dass es sich aus seiner Musik herausgeformt habe.

So war er ein rechter Künstler, wie er seiner Musik lebte, obgleich er nur ein simpler Musikant war. Die hohe Schulung war ihm ja wohl fremd geblieben, aber da er den Ausdruck des Elementaren voll erfasst hatte und sich darin genügen konnte, empfand er nie eine Sehnsucht nach ihr.

Er war glücklich. Ein altes Kind und ein jugendlicher Greis – und sein Lachen war zu allen Zeiten frisch wie Bergwasser und quellhell.

Nur dann schlich sich in neuerer Zeit eine leichte Betrübnis in sein Herz ein, wenn neue Noten kamen. Er sagte nichts zu den anderen, oder nur selten wenigstens zeigte er ihnen, dass er nicht so recht begeistert war.

Das wollte nicht in seinen Sinn, was da neu kam. Es war ihm gar oft eine fremde Sprache, weltfremd sozusagen – und sein Herz blieb kalt von ihr. Er konnte es nicht lieben – es war ihm kein Genuss. Darum verwarf er's in seinem Sinn. Und war er zu Hause allein, dann »erholte« er sich, kramte einen ganz alten Marsch oder Walzer hervor, spielte sich den und sang und pfiff abwechselnd dazu – so ganz allein in seinem Stübchen, wohin niemand durfte, wenn er spielte. Und dann fühlte er den warmen Sonnenschein draußen so wohlig – der Duft des Flieders quoll herein zu ihm aus seinem Garten – und die Welt war schön und voller Klarheit.

»Die können ja nichts mehr, diese Jungen«, sagte er oft zu sich, ganz heimlich, denn er war immer bescheiden gewesen und hatte wenig geurteilt. Alles lag bei ihm in der Empfindung. »Gott, das ist doch noch Musik, mein alter Walzer da, den ich schon meiner Liese gespielt, da wir noch ganz jung waren und nur heimlich zusammenkommen durften. Darum spielte ich ihn auch, als uns der Pfarrer zusammengetan hatte - am Hochzeitstag - und ich war im siebenten Himmel. Ja, das ist doch noch Musik!«

Und er sah zum Fenster hinaus und zum Himmel auf, und innig bewegt spielte er ins Abendleuchten: Goldne Abendsonne, wie bist du so schön.

Und es löste sich ihm von der Seele wie ein tiefes, frommes Beten, ein seliges Weihegefühl - Jakob Veit war nun schon fünfundsiebzig. Aber er spielte noch tapfer die erste Geige in seiner Gesellschaft und war immer dabei, wo sie nur hingerufen wurde.

Da dachten aber doch ein paar Freunde, ihm eine Hilfe zu geben und eine jüngere Kraft zu engagieren. Es war ein ganz junger Mensch, kaum zwanzig, aber er wurde viel gelobt. Richard Vormann hieß er, jedoch im ganzen Dorfe wurde er nur kurz der »Rickes« genannt. Unter diesem Namen kannte ihn jedes Kind.

Der »Rickes« hatte bei einem Theatergeiger in Mainz Stunden genommen, schon seit seinem zwölften oder vierzehnten Jahre, und er spielte »großartig«. Und wunderbare Sachen. Er werde sicher auch mal in ein Theaterorchester kommen.

Der sollte nun den Jakob Veit manchmal ablösen, dass er ruhen könne. Veit sträubte sich zwar anfangs - »ihm geh's noch leicht von der Hand« - aber schließlich gab er sich doch darein. »Er hab's am End' ja auch verdient.«

Der junge Geiger kam. Veit stellte ihn zu seiner Linken. Vorerst mög' er mal zweite Geige spielen.

Man konnt's dem »Rickes« ansehen, es war ihm nicht ganz recht. Aber er wollte sich dem Alten nicht widersetzen.

Anfangs achtete Veit nicht auf den Kollegen. Oder höchstens, dass er sich mehr zusammennahm und mit der heimlichen Absicht spielte, soviel wie möglich zu glänzen.

Aber da achtete wieder der Jüngere nicht darauf.

Nach ein paar Tänzen aber, mitten in einem neuen Walzer, den der alte Veit gar nicht sonderlich liebte, sprang des Jungen zweite Geige frisch und keck in die erste. Und wie klang jetzt der Walzer, der vorher »gar nicht recht gewollt hatte!«

Im Saale horchte man auf. Jakob Veit ward rot - strich anfangs seine Saiten heftiger, ließ aber bald nach, als er merkte, dass er nicht durchdringen könne. Ärgerlich und missmutig spielte er fast leise weiter.

»Faxen! - Damit will man einen alten Musikanten kaltstellen! Nichts dahinter - kennen wir!« - sagte er zu sich selbst.

Der Jüngere aber, plötzlich merkend, wie sein Spiel wirkte und wie sein grauer Nachbar verstimmt war, ließ die erste Stimme fallen und begleitete wieder in der zweiten.

Aber nun war es kein Feuer mehr und keine Wirkung.

Jakob Veit machte sich Vorwürfe. »Was brauchte er sich auch so verstimmen zu lassen!« Aber wie er sich auch Mühe gab, er brachte seine Stimme und damit das ganze Stück nicht mehr in die Höhe - und er gab bald das Zeichen zum Schluss.

So wiederholte sich's noch ein paar Mal. Und als einmal Veit um Mitternacht ganz aussetzte, da wählte der Jüngere einen »Rheinländer« mit einem Violinsolo.

Veit saß unten an einem Tische, sah und hörte zu.

Die Jugend schien über alle Maßen befeuert. Der Ordner hatte seine schwere Not, Paare zum Pausieren zu bringen. Die Burschen und die Mädel schienen unermüdlich. Und alle Gesichter glühten. Das machte der Rickes.

»Brillant!«, sagte ein Fremder ganz in Veits Nähe.

»Sie meinen doch den neuen Geiger?«, sagte der Wirt, »ja der ist ganz ausgezeichnet, ganz ausgezeichnet!«

Und als der Wirt sich umdrehte, sah er den alten Veit.

»Veit, den müsst Ihr Euch halten!«, sagte er zu ihm. »Der kann's, hol' mich der Kuckuck, der kann's! Ein Mordskerl das! - da guckt nur mal (er wies auf die Tanzenden) - alles außer sich. Da könnt' man fast in seine alte Tag noch was lerne, he?!« - scherzte er zu dem alten Musikanten und klopfte ihm auf die Schulter.

»Ja, ja,« nickte der Veit.

Aber ihm war's, als liefen ihm Tränen übers Herz. Zum Weinen war's ihm. Er fühlte einen tiefen Schmerz - eine Qual und Unruhe. Ganz unglücklich war er. Ganz dumpf war ihm.

So armselig, so leer fühlte er sich. Ach Gott, als habe er nie eine Geige gehabt, nie einen Ton geliebt. Ja, er mochte jetzt die Musik nicht mehr leiden. Sie war falsch und untreu. Sie hatte ihn noch verhöhnt dazu. Nein, seine Geige wollte er rein gar nicht mehr haben – und er hatte jetzt das Gefühl, sein Bogen müsse einen schweren Zentner wiegen, wenn er ihn wieder in die Hand nähme.

Darum war jetzt so etwas in seine Seele gekommen, was er nie gekannt – etwas Zorniges und Hartes. Fast, als müsse er den neuen Geiger hassen.

Er erschrak.

Aber es ließ ihm keine Ruhe.

Er stieg hinauf aufs Orchester, packte seine Geige ein und ging heim.

Er sei müd' und abgespannt, und er müsste jetzt Ruhe haben. Und nun habe er ja auch Ersatz.

Und er ging heim.

Der junge Geiger war ein bisschen betroffen. Es tat ihm so leid. Denn ihm war, als habe er den Alten vertrieben.

Aber die anderen redeten's ihm aus.

Traurig ging Veit heim. Der Jüngere aber spielte immer feuriger und wählte nur die neuesten Sachen. Er spielte sich in alle Herzen ein.

»Dagegen kann der Veitjakob daheimbleiben,« hieß es da mal und dort mal.

Der gute Veitjakob konnte aber zu Hause keine Ruhe finden. Als er ein paar Stunden schlaflos im Bett gelegen hatte, stand er auf. Es zog ihn zu seiner Geige, zur Musik. Sollte sie ihm wirklich nichts mehr zu sagen haben, ihm nicht mehr gut sein können? Ihm untreu geworden sein, sich gewandelt haben?

Freilich immer lagen ihm diese Klänge des jungen Geigers im Ohr. Sie waren ja ganz anders. Und er spielte ganz anders. Ganz korrekt. Sauber und klar und breit die Melodie – ohne Triller und Läufe und Doppelschläge – fast grob schien's ihm.

Und doch hatten sie so seltsam anders gewirkt.

Nein, aber er mochte sie nicht. Er wehrte sich gegen sie, er war ihnen feindlich. Er wollte so etwas fürs Gemüt haben, so leicht und süß.

Und halb mit Zagen griff er zu seiner Geige.

Es war noch dunkel – aber er zündete kein Licht an.

Aus dem Gedächtnis spielte er – einen Schottischteil, einen Walzerteil, einen Mazurkateil – und er kam an die Kirchenlieder, die lieben alten, und es war ihm, als werde sein Herz schon leichter, und er kam an die süßen Lieder seiner Jugend, die so herzig waren und so schlicht - und immer froher ward er und immer froher. Und dann spielte er fromm und feierlich: Wie schön leuchtet der Morgenstern! - und sein Herz sprang ihm in der Brust - und er spielte seinen geliebten »Liesewalzer« - und er sang und pfiff dazu - und er war so glücklich wie an seinem Hochzeitstage, allen Leides und aller Härte frei. Und als das Morgenrot am Himmel strahlte, da bettete er sanft und zärtlich seine geliebte Geige im Kasten und legte sich selbst zur Ruhe. Jetzt fand er sie leicht - und er schlief bis in den hellen Tag hinein, tief und erquickend.

Die Abneigung gegen den »Rickes« hatte sich freilich der Jakob Veit nicht ganz weggeschlafen. Er zeigte es ihm allerdings nicht weiter. Nur dies eine - er trat in kein näheres Verhältnis zu ihm. Er sprach mit ihm nur das Notwendigste. In die zweite Geige verwies er ihn natürlich nicht mehr, und so spielten sie in der kleinen Dorfkapelle auch in den Proben zusammen die erste Stimme.

Der Jüngere brachte immer mehr und mehr die neueren und neuesten Sachen, die dem Veit doch gar nicht behagen konnten. Er machte aber noch mit, so weit's halt ging - wenn er auch gerade nicht mehr mitlernte, und er ließ den Kollegen gewähren, der immer größeren Einfluss in der Kapelle gewann.

Veit aber zog sich bald mehr und mehr zurück - in seine stille Stube, zu seinen alten Stücken, die er immer mehr und mehr liebte.

Auch bei den Kirchweihtänzen war er nicht mehr so dabei. Er fühlte sich entbehrlich.

Und nun behielten die Leute recht. Der Veitjakob war nicht mehr so frisch und gesund. Was da an seiner Seele nagte, das machte seinen Körper matt. Und die Jahre dazu -!

Jakob Veit hatte sich nun fast ein halbes Jahr von den Proben ferngehalten und hatte wohl beinahe seit einem Jahre auf keiner Kirchweih mehr gespielt. Er lag häufig zu Bett, oft den ganzen Morgen lang - und nur am Nachmittag konnte er ein paar Stunden auf sein und wohl auch noch einen kleinen Spaziergang machen.

»Man wird halt alt«, meinte er, wenn er gefragt wurde, wie's ihm gehe.

»Widder Musik mache!«, riet ihm dann auch mal einer, »a widder 's Geigelche unner de Arm un de Fiddelboge genomme, so werd schun alles widder wern.«

»Ja, ja!« lächelte er dann.

So pflegte er sich und lebte seine Tage.

Und allmählich kamen ihm Enttäuschung und Ärger ganz anders, viel milder vor.

Er hatte das Spiel des Jüngeren wohl noch im Ohre, nicht so forsch und keck, wie's ihm damals geklungen hatte - gesänftigt, eine Erinnerung.

Und seltsam - dann und wann fiel ihm eine Stelle aus einem der neuen Stücke ein - und er behielt sie sich gerne und gewann sie sogar lieb. Und hatte sie bald noch lieber. Und er freute sich, wenn ihm wieder etwas Neues wach wurde.

Wenn er dann sann und dachte, und die Jahre all' zurückging, die hinter ihm lagen - da war ihm doch, als habe er seinen Platz rechtschaffen ausgefüllt und sich und anderen brav genug getan - und es sei ganz in Ordnung und gerecht, dass ein anderer auf seinen Platz trete, ein Jüngerer, mit frischem Wagen und neuem Können und anderen Tönen, die für die jungen Herzen waren. Und es war ihm auch, als dürfe er mit seinem alten Herzen recht warm an dem Alten hängen und es recht lieben. Aber darüber schalt er sich, dass er das Junge verachtet und von sich gestoßen hatte.

Er verachtete das Junge und Neue nicht mehr.

Ja - oft war's ihm wie eine Sehnsucht, es auch noch einmal zu können, auch noch einmal zu leben und so recht zu lieben und feurig zu spielen, so frisch aus der Geige heraus, dass er alle Herzen mitreißen müsste, und je schwächer er wurde, desto stärker wurde diese Sehnsucht.

Aber er klagte nicht.

Es musste in diesen neuen Melodien liegen, die in seiner Erinnerung so sanft und traumhaft klangen, dass sie ihn trösteten und stärkten, wenn sie auch seine Sehnsucht weckten. Und er versöhnte sich mit seinem Schicksal und sah in diesem Neuen, das ihn so hart verwundet hatte, die Erfüllung alles dessen, was er selbst erstrebt, und die Krönung seiner Arbeit, weil es ihm das schien, was der Zukunft gehören würde.

Dem jungen Primgeiger ward er nun von Herzen gut.

Da er nun schon tagelang auf dem Krankenbette lag, so wünschte er ihn zu sich an sein Bett.

Wenn er nur einmal kommen würde. Er wollte ihm so gerne noch einmal die Hand drücken - und ihn noch einmal spielen hören.

Aber er sagte nichts.

Im Dorfe hatte sich die Nachricht bald verbreitet, dass der alte Veitjakob krank liege.

Der erste, der ihn besuchte, war der alte Andreas Krafft, der pensionierte Lehrer, dem der Sturm des Lebens die Brust nicht hatte schwächen können. Er stand nun an den achtzig.

Sie sprachen über dies und das zusammen, auch über die anderen Zeiten.

»Ich will dir was sagen, Veit«, sagte Krafft und strich über seinen schlohweißen Bart, »wir Alten dürfen zur Ruhe gehen. Die Welt braucht uns nicht mehr. Die Welt braucht die Jugend. Und dass die recht keck und kräftig und mutig sei, das wollen wir ihr wünschen, der Jugend und der Welt. Das ist so das Leben, und das ist so recht eigentlich seine Gesundheit.«

Jakob Veit reichte ihm die Hand, drückte die Seine und presste die Lippen fest, fast herb zusammen. Doch gleich danach sagte er: »Krafft, ich fühl's auch so wie du – ich fühl's auch so.«

Auch die Kollegen von der Kapelle kamen – und eines Tages kam auch der »Rickes«.

Er kam ein bisschen verlegen und schüchtern. Aber über Veits Züge glitt ein Lächeln und hielt sich fest darin. Er streckte dem Jüngeren die Hand entgegen: »Ich dank' dir so, dass du gekommen bist, Rickes – sagen kann ich dir das nicht, wie ich dir danke.«

Und die beiden saßen lange beisammen.

Als der »Rickes« fortging, versprach er dem Veit, bald wieder zu kommen. Und am anderen Abend saß er schon wieder am Krankenbett.

Er erzählte dem Alten. Von der neuen Musik. Von ein paar neuen Tänzen, die er in Mainz gehört habe, und die er nun für die Kapelle bestellen wolle. Es sei schade, dass Veit nicht mehr mitspielen könne. Aber wenn er wieder gesund sei – dann ...«

»Ja – dann ...«

So saß der Jüngere nun jeden Abend am Bett des Alten – zwei Herzensfreunde.

Jakob Veit war mit jedem Tage schwächer geworden.

Er würde einmal ganz sanft hinüberschlummern, hatte der Arzt der Familie gesagt. Das Alter – er würde voraussichtlich einen sanften Tod haben.

So war wieder eine Woche herumgegangen, und es war Sonntag geworden. Richard Vormann war schon am Nachmittag gekommen.

Und heute sprach ihm Veit seine Bitte aus.

»Rickes - du könntest mir mal eins spielen - ich wollt' dir's die ganze Zeit schon sagen. Dort hinten in der Eck' steht meine Geige.«

Und der »Rickes« zauderte nicht. Er spielte mit Feuer. Beseelt von der hohen Achtung für den Alten und in der Freude, dass er sein Spiel hören wollte. Das Beste, was ihm einfiel, spielte er, das Neueste und Schwerste, ganz unermüdlich. Und Veit lauschte. Entzückt! - Ja, jetzt klang alles viel milder, gedämpfter. Vielleicht, weil's seine alte Geige war, die die neuen Melodien sang.

Sein Herz war aller Wonnen voll.

Er träumte den Traum seiner Jugend.

Der da aber lebte ihn.

Und der fühlte seine Zukunft voraus.

Und er durfte ihm zulächeln und zuwinken.

Jakob Veit lag in den Kissen und schlief.

Richard Vormann setzte den Bogen ab und sah zum Alten.

Wie war sein Herz so froh!

Und er schlich sich fort.

Dann und wann sahen die Verwandten nach. Jakob Veit schlief sanft.

Einmal wachte er auf:

»Rickes, ich dank' dir! Ich dank' dir! Es war sehr schön - es war so schön wie mein Liesewalzer! So - schön ...«

Dann schlief er wieder ein.

Und er wachte nicht wieder auf.

Als es dunkel wurde, ging seine Seele ins Licht.

Sein Körper empfand keinen Schmerz.

Auf seinem Antlitz lag ein Lächeln.

Er hatte die Augenbrauen hochgezogen - und die Ohren standen gespannt, als ob er lauschte.

Die Rechte hing zum Bette heraus, als ob sie nach etwas ausgestreckt sei.

Pfarrers Käthchen.

Meine Mutter hat mir heut' einen Brief geschrieben, Neuigkeiten aus meinem Heimatdorfe. Sie interessieren mich ja meist nicht viel; aber die Gute meint Wunders, wie viel ich entbehrte, wenn ich das nicht all' haarklein wüsste. So viele Namen sind mir ja nur Klang. Ich bin nun zu lange von zu Hause fort. Aber ich sag' ihr das nicht. Sie soll ihre Freude behalten.

»Verheirat die Liese mit dem Christoph«, heißt's da, »ausgerufen die Grete mit dem Lorenz.« Kindtaufe beim Vetter Jakob, und de »alt Härche« - kennst ihn ja noch, der die Klarinette blies - ist gestorben und auch schon begraben. Es war eine schöne, große Leich'. Und die Anne-Marie hat einen Buben gekriegt, ledig, denk' dir.«

Na ja, denk' ich - Gott gesegens ihr und dem Buben! Er gesegnet's ja leider meist nicht.

Und dann steht da: »'s Pfarrers Käthche, denk' dir, ist jetzt ins Kloster gegangen. Erst ins Mutterhaus, dann geht sie nach Afrika. Schwarze Buben soll sie lehren und zu Christen machen. Sie hat mir am Sonntag Adje! Gesagt und auch einen schönen Gruß an dich noch aufgetragen. Schade für das schöne, frische Ding, meinst nicht auch?«

Ach ja, mein' ich auch, Mutter. Schad' is!

Und - - 's Pfarrers Käthchen! - - ich denk' ein paar Jahre zurück.

Und noch ein paar Jahre - -: da wir Kinder waren.

Unser Pfarrer hatte eine neue Köchin gekriegt, die hatte das Käthchen mitgebracht, »'s Pfarrers Käthche«, nannten wir Kinder sie - »'s Pfarrers Käthche« nannte sie's ganze Dorf.

Wir spielten oft zusammen - auf der »Pfarrtreppe«, das war die hohe Treppe vorm Pfarrhaus.

Sie war ein sauberes Mädchen. Sie hatte große schwarze Augen und ein allerliebstes Zöpflein. Darin war immer ein rotes Bändchen am Ende - und ich hab' ihr oft die Schleife heimlich aufgezogen. Da schmollte sie so hübsch.

Sie hatte artige Manieren, und da sie eine andere, bessere Sprache hatte als die übrigen Dorfkinder, wurde sie oft verspottet von denen. Da nahm ich mich ihrer an und verteidigte sie. Dafür war sie mir immer sehr dankbar.

Wir waren überhaupt gute Freunde. Ich glaub' freilich, der Pfarrer wusste nichts davon.

Oft, wenn ich aus der Schule heimkam, wartete sie schon am Bahnhof auf mich - ich kam nämlich täglich aus der Stadt mit der Bahn gefahren - und bestellte mich zum Mittagsspiel - auf der Pfarrtreppe - im Pfarrgarten - in den Wiesen. Was spielten wir nicht alles da! Laufen, Verstecken - »wo ist gut Bier feil?« - Vogelraten - und Gott was alles noch! Wir naschten heimlich von des Pfarrers Obstbäumen und waren wie die Stare an seinen Trauben. Im Winter fuhren wir Schlitten und warfen Schneeballen, und Käthchen war eine der wildesten. Und als ihr die Mutter - ohne Wissen des Pfarrers - nach viel Bitten und Betteln ein Paar Schlittschuhe gekauft hatte, half ich ihr auf dem Eise die ersten Übungen und Ängste überstehen.

Sie mochte damals zehn Jahre, ich dreizehn sein.

Ja, wir waren gute Freunde.

Dann im Frühjahr waren wir alle einmal auf den Wiesen am Sonntagnachmittag. Wir hatten Blumen gesucht, Veilchen und Schlüsselblumen, große Sträuße. Und es war schon gegen Abend geworden und Zeit zum Heimgang. Einer machte den Vorschlag, einen Brautzug zu bilden. Jeder sollte sich eine Braut wählen.

Die Mädelchen kicherten, uns Buben leuchteten die Augen. Wir hatten alle nichts dagegen. »Und wir wollen singen!«, sagte einer.

In einer Reihe standen die Bräute, ihnen gegenüber wir Buben. Ich war der Größte, ich sollte zuerst wählen.

Ich ließ den Blick die Reihe hingehen.

Jed' Mädel stand mit lachendem Gesicht, halb verlegen, und ließ die Zähne blinken.

Nur 's Käthchen nicht. Es war über und über rot geworden. Und als mein Blick es traf, gingen ihm lockend die Lider höher. Ich seh's noch heut'. Und es machte eine leise Bewegung mit der Hand. »Mich, mich!« hieß das.

Aber was mir einfiel! - mein Blick ging weiter.

Ich glaub', ich wollte sie nur necken. Ich wusste wirklich nicht mehr, welchen anderen Grund ich hätte haben können. Ob ich einen anderen hatte, ich glaube nicht.

Ich glaube, ich wollte sie nur necken, und ich wählte die Anne-Marie, die jetzt ledig eines Buben genesen ist.

Das Käthchen ließ den Kopf sinken. Ich glaube nicht, dass sie geweint hat. Aber zum Weinen war's ihr gewiss, das merkt' ich wohl.

Und auch mir war's jetzt so leid. Die anderen sangen. Ich führte zwar die Anne-Marie an der Hand, aber ich war nicht froh und sang nicht.

Vorm Dorf, wo wir wieder durcheinander gingen, suchte ich an ihre Seite zu kommen und flüsterte ihr zu: »'s war ja nur Spaß, Käthchen«, aber sie schüttelte es von sich ab.

Seitdem war sie nie mehr am Bahnhof, haben wir nie mehr zusammengespielt und von des Pfarrers Obst genascht.

Wir waren ja auch indessen zu groß geworden, und es wäre nun »unschicklich« gewesen.

Lange, lange sah ich das Käthchen nicht. Oder doch – als sie zur »heiligen Kommunion« ging, sah ich sie vom Altar gehen, sehr fromm, sehr züchtig, wie sich das gehörte.

Und später dann noch, wenn ich in den Ferien heimkam, ebenfalls in der Kirche. Sie betete dann immer sehr fromm und eifrig und ließ ihren schönen weißen Rosenkranz geschickt durch ihre kleinen Hände gleiten.

Ob sie mich auch sah! – sehen wollte!? –

Ich war indessen ein stattlicher Jüngling geworden und – sehr stolz.

Langsam fügte sich ein Jahr zum anderen, und wenn man's übersah, war's doch schneller gegangen, als man's gedacht hatte.

So hatt' ich meine dreiundzwanzig erreicht. Das Käthchen war nun wohl an den zwanzig.

Ich kam zur Kirchweih heim. Recht lustig wollt' ich sein und mein gut Teil tanzen.

Wie ich am Nachmittag ins Wirtshaus komme und in den Tanzsaal trete, steh' ich den Mädchen gegenüber, die an der Wand sitzen und auf die Burschen warten. Auch's Käthchen ist dabei. Aber es steht da oben und plaudert mit einem Mädchen, als ob's nicht dazu gehöre. Der Brauch, an der Wand zu sitzen, behagte ihr offenbar nicht.

Ich lass die Blicke über die Mädchen gleiten.

Das Orchester spielt einen Walzer.

Heut' – wähl' ich das Käthchen! –

Burschen kommen – Paare tanzen. Es geht alles sehr rasch.

Und nun ist schon ein wenig Trubel im Saal.

Das Käthchen plaudert noch.

Ich gehe hin.

Formell zu sein, hätte ich nun nicht übers Herz gebracht. Ein konventionelles Wort wäre mir nicht aus der Kehle gegangen.

»Käthchen«, sag' ich, »wollen wir nicht den Walzer zusammen tanzen?«

Sie sieht auf - sie sieht mich an - sie errötet -

Sie greift in ihre Stirnlöckchen mit verlegenem Finger - -

Sie neigt den Kopf - - »Danke!« - und ganz leise: »Nein!« sagte sie und verbeugt sich.

Ich habe keinen Tanz getanzt.

Das Käthchen tanzte viel, meist mit Fremden.

Nun war's bald Zeit zum Abendessen.

Das Käthchen ging.

Und bald ging auch ich.

Wär' meine Mutter nicht gewesen, ich wäre nach dem Abendessen zu Hause geblieben.

»Geh', Bub, schäm' dich,« sagte sie. »Gar nicht getanzt. Und nun zu Hause bleiben. Jung sein und in der Stube hocken, wenn's Kirchweih ist, Bub, das passt nicht. Tanzen und froh sein, wie wir's auch waren, da wir jung sind gewesen. Werd' mir kein Stubenhocker, Bub, und kein Duckmäuser! Du hast jetzt das Alter, du gehst mir zum Tanz. Jetzt sind die Jahre, hast noch lang genug vor zum Daheimhocken -!«

Da ging ich denn wieder.

Bald kam auch das Käthchen mit ihren Nachbarsleuten.

Und ich tanzte noch nicht.

Da bestellten die Fremden eine Française.

Unsere Dorfschönen mussten nun »schimmeln«.

Auch das Käthchen. Halb gönnt' ich's ihr.

Doch nun fehlte noch ein Paar.

Ich konnte ja die Française. Und nun fasst' ich mir ein Herz.

»Käthchen, wollen wir die Française zusammen mittanzen?«

Sie lächelte: »Ich kann sie ja nicht.«

Aber sie sah doch ganz stolz aus - und sie war recht wohl willens.

»Wenn du mit mir tanzt, geht's schon - ich sag' dir jedes Mal, was du tun musst.«

Und rascher, als es zu erwarten war, hing sie in meinem Arm.

Wir tanzten.

»Du, bist du mir bös?«, fragte sie in der Pause. »Nein - warum?«

»Wegen heute Nachmittag! Es ist mir so leid?«

»Warum gabst du mir den Korb?«

»Ach Gott! - lass! - ich weiß das ja selbst nicht. Oder - ach gelt, lass! Sei mir nicht bös! Gelt nicht? - - 's war ja nur Spaß« - und sie betonte das so seltsam. Ich verstand.

Du gekränkt Mädchenherz, du goldiges! Du eitel, du trutzig Menschenkind, du frisches, liebes! - dacht' ich da.

Unter Scherzen tanzten wir die folgenden Touren. Ein Paar Fehler machte das Käthchen schon. Dann klatscht' ich ihr zu.

Und nun ging die Musik in den Schlussgalopp über. - Und wir beide - husch - ein Bogen und Schwung - und wir beide flogen durch den Saal. Flogen!

Dann haben wir noch ein paar Mal mitsammen getanzt.

Ich wollte das Käthchen heimbegleiten, da's gen Morgen ging.

»O ja, das sollte ich«, meinte das Käthchen.

Wir hatten es mit wenig Mühe fertiggebracht, uns von den Nachbarsleuten »loszuschrauben«.

Und nun gingen wir. Wie zwei Kinder. Nicht nach dem Pfarrhaus. Wie die Kinder im Märchen, nur immer gerade aus, immer geraden Wegs vorwärts.

Und nun standen wir im Freien.

Eine herrliche blaue Mondnacht. Das fahle Mondlicht auf den Feldern, breit hingelegt. Eine weite, weite Stille vor uns. Unzählige Sterne über uns.

Und jeder Baum und Strauch wie verhüllt. Wie ein Gespenst, wie eine alte Hexe da - wie ein grauer Mönch dort. Unbeweglich alle, lauernd, als ob sie auf uns warteten.

Und dort am Wiesenrand der Wiesenmann. Er saß am Grabenrand. Ganz in sich gebückt. Man sah nur seinen großen hohen Hut. Und seine Pfeife, die glimmte. In der Hand, an tausend Fäden, hielt er die dünnen weißen Nebel, die nach seinem Zug und Ruck über die Wiesen glitten.

Ich glaub', wir zitterten ein wenig.

Das Käthchen drückte sich fest an mich.

»Du – der Wiesenmann, du!«, flüsterte sie. »Ich fürcht' mich.«

Jetzt hatt' ich Mut.

»Geh – das ist ja nur ein Weidenstumpf.«

»Aber seine Pfeife glimmt doch, ich seh' sie deutlich glimmen. Komm, wir wollen heimgehen! Durch den Pfarrgarten hin, die Tür ist offen. Was tun wir denn im Freien da! Ich fürcht' mich.«

Wir gingen dann den Weg ums Dorf nach dem Pfarrgarten.

Da fürchtete sie sich nicht mehr.

Die Türe war nur angelehnt. Sie knarrte ein wenig, als das Käthchen öffnete.

»Das hört niemand«, sagte sie.

Wir traten ein.

Das Mondlicht rieselte durch die Baumkronen und spielte auf den gelben Kieswegen.

Das Käthchen ging vor. Der Kies knirschte ein wenig.

»Das tut nichts, das hört niemand.«

Da stand eine Bank. Das Käthchen setzte sich.

»Hier setz dich her, neben mich, komm! – Siehst du, da denk' ich oft an dich. Wenn ich da sitze und stricke oder im Goffiné lese. Das muss ich, obschon ich gar nie Lust dazu habe. Hier hab' ich auch dein Gedicht gelesen neulich, obschon es der Herr Pfarrer mir verboten hatte. Du gehörtest jetzt auch zu den Gottlosen, hat er gesagt, und es sei ein garstig schlecht Gedicht. Mir hat's aber gefallen, so gefallen!« –

Mir lachte das Herz.

»Das ist lieb von dir, Käthchen. Aber lass! Der Pfarrer hat mich schlechter gemacht, als ich bin. Und am Ende auch mein Gedicht. Aber lass nur, Käthchen, was liegt daran! Sieh, das ist so eine stille, schöne Nacht. Die wollen wir jetzt genießen. Wir beide! Lass den Pfarrer und die Gottlosen und das Gedicht.«

»Wie still ist's hier! – Nur fern die Musik, hörst du sie?« – –

»Und unsere Herzen, hörst du sie? Sie schlagen ganz laut!« –

»Ich hör' sie«, lispelte das Käthchen und legte ihren Kopf auf meine Brust. Und ich strich ihr übers Haar, zärtlich und langsam.

Und so saßen wir – und plauderten ein wenig, leise flüsternd – und fassten unsere Hände – und waren eine lange, lange Weile still – und genossen so herzlich und rein die verschwiegene Nacht und unsere Seligkeit in – Schweigen.

Und leise hob das Käthchen den Kopf – und beugte ihn zurück – und sah mich lange und tief mit großen, strahlenden, bittenden Augen an. Ich neigte ihr den Kopf entgegen und berührte ihren Mund – und sie schlang stürmisch ihre Arme um meinen Hals, und ihre Lippen sogen sich heiß und fest an die meinen – und wir verharrten in langem, langem Kusse.

Dem ersten Kuss, den sie geküsst – in Freundschaft, in kindlich-seliger Liebe.

Dann sprang sie auf. »Nun muss ich gehen.« Auch ich stand auf. Und wieder umschlang sie meinen Hals und küsste mich.

»Du Lieber, Lieber! Gelt, bist mir nicht böse wegen dem Walzer heut'. Es war zur Strafe wegen – der Braut auf der Wiese. Ich hätt' ja weinen mögen. Gelt, sei mir nicht bös, gelt, sei mir gut, du Lieber!«

Das stürmte sie so heraus.

»Noch einen Kuss: Nun geh!«

Sie ging ein paar Schritte und blieb stehen.

»Du! – wann krieg ich wieder einen Kuss?«

»Das frag' ich dich!«

»Wenn du erst fragst. – Gut Nacht!«

Der Kies knirschte von ihren raschen Schritten ...

Leiser und leiser ...

Am zweiten Kirchweihtag kam das Käthchen nicht zum Tanz.

»Wenn du erst fragst!«

Im Schatten des Haselstrauches stand ich bis tief in die Nacht an der Mauer des Pfarrgartens. Und der Mond grinste durch die Zweige über mir.

Das Käthchen war wohl behütet im Pfarrhaus. Ich wartete vergebens. Und am folgenden Tage reiste ich ab.

Es sind nun schon ein paar Jährchen her.

»'s Pfarrers Käthche ist jetzt ins Kloster gangen – –«

Wenn ich damals gefragt hätt' – um sie –!

Schade um das liebe, frische, fröhliche Ding!

Wenn die schwarzen Buben einen Sinn haben für schöne dunkle Augen und rote volle Lippen, werden sie gute Christen werden.

Und das wird das Käthchen freuen und - glücklich machen. Armes Käthchen!

www.ingramcontent.com/pod-product-compliance
Lightning Source LLC
Chambersburg PA
CBHW060800310726
48980CB00002B/174

* 9 7 8 3 8 4 6 0 8 6 7 9 7 *